Felicity Pickford

*Weihnachtswunder
im kleinen Grandhotel*

Felicity Pickford

Weihnachtswunder im kleinen Grandhotel

Roman

GOLDMANN

Originalausgabe

Sollte diese Publikation Links auf Webseiten Dritter enthalten,
so übernehmen wir für deren Inhalte keine Haftung,
da wir uns diese nicht zu eigen machen, sondern lediglich auf
deren Stand zum Zeitpunkt der Erstveröffentlichung verweisen.

Penguin Random House Verlagsgruppe FSC® N001967

2. Auflage
Copyright © 2022 by Felicity Pickford
Copyright © dieser Ausgabe September 2022
by Wilhelm Goldmann Verlag, München,
in der Penguin Random House Verlagsgruppe GmbH,
Neumarkter Str. 28, 81673 München
Umschlaggestaltung: Uno Werbeagentur, München
Umschlagmotiv: FinePic®, München
Satz: Uhl + Massopust, Aalen
Druck und Bindung: Friedrich Pustet, Regensburg
Printed in Germany
ISBN 978-3-442-31598-7

www.goldmann-verlag.de

Wer immer Sie sind,
Sie sind jedenfalls wirklich mutig,
Mademoiselle.

Hide away

Zischend öffneten sich die Türen des Schnellzugs aus Edinburgh, und ein eisiger Wind erfasste die Reisenden, die ihren Fuß auf die Insel setzten, genauer: auf die Isle of Skye, dieses so geheimnisvolle wie bezaubernde Eiland zwischen Schottland und Irland, das – aber das wusste zu dem Zeitpunkt noch niemand – durch die Ankunft des Zugs noch um einige Geheimnisse reicher wurde.

»Portree! Endstation!«, verkündete der Schaffner und lief an den Waggons entlang, seinen Hinweis mehrmals wiederholend, während weit vorne aus einer der ersten Türen eine junge Frau sprang, deren Äußeres man ohne Übertreibung als untypisch für die Fahrgäste auf dieser Verbindung bezeichnen konnte. Weil ihr kalt war, zog sie ihre Lederjacke etwas enger um die hochgezogenen Schultern. Sie spuckte ihren Kaugummi in die Gleise und blickte sich um. Ein trostloses Kaff, so viel war klar. Aber wer aus Glasgow stammte, war an Trostlosigkeit einiges gewöhnt.

Von hinten kamen jetzt eine Menge Reisender den Bahnsteig entlang, sie sollte sich beeilen, wollte sie nicht riskieren … Nun, sie beeilte sich. Als sie auf den Ausgang zusteuerte, bemerkte sie einen jungen Mann in Uniform ein Schild hochhalten: *Ms Tourée*.

»Sie holen mich ab?«, fragte sie und blickte auf den Wagen, der neben dem Chauffeur stand. Es handelte sich um ein Gefährt, das so alt war, dass sie nicht einmal die Marke kannte, vom Modell ganz zu schweigen. John hätte seine Freude an dem Ding gehabt. Aber der war nicht da, sondern schraubte im East End an seinen Autos herum. »Aber nicht mit dem, oder?«, fragte sie.

»Doch, Ma'am«, entgegnete der Chauffeur, vielleicht nur irritiert, vielleicht sogar ein wenig gekränkt. »Wenn Sie erlauben?«

»Okay. Ab und zu ein Abenteuer schadet nicht, was?« Sie stieg ein, schneller als ihr der junge Mann den Wagenschlag aufhalten konnte. Zumindest war er rechtzeitig bei ihr, um ihn standesgemäß wieder zu schließen. Er ging um die Motorhaube herum, stieg auf der Fahrerseite ein und legte seine Kappe auf den Beifahrersitz. »Hatten Sie eine gute Anreise, Ma'am?«

»War okay.«

»Sie haben Glück«, erklärte der Chauffeur, nachdem sie offenbar nicht mehr zu sagen beabsichtigte. »Eigentlich war ein Sturm angekündigt. Es hätte richtig ungemütlich sein können.«

»*Das* ist nicht ungemütlich?« Die junge Frau blickte auf die Landschaft, die in Ocker- und Brauntönen vorüberzog. Das bisschen Gestrüpp, was den Weg zierte, wurde vom Wind zerzaust, und immer wieder packte eine Böe den Wagen, dass es sich anfühlte, als hätte er einen Stoß von der Seite bekommen. Im Übrigen fuhr dieses altertümliche Vehikel allerdings ruhiger und schneller, als man hätte erwarten dürfen. Dabei war die Strecke durchaus eine Herausforderung. Denn es ging unablässig auf engsten Kurven die Küstenstraße entlang, und immer wieder folgte Gefälle auf Steigung und Steigung auf Gefälle. »Hat was von einer Achterbahn«, stellte die junge Frau fest und spielte mit einem ihrer zahlreichen Ohrringe. Der Chauffeur beobachtete sie im Rückspiegel – freilich so dezent, wie es dem Mitarbeiter eines der Ersten Hotels angemessen war. Denn nichts anderes war er. »Ich bin übrigens Nick«, erklärte er und lächelte nach hinten.

»Oh. Hi, Nick.«

»Ähm, hi«, erwiderte er und räusperte sich. »Ms Tourée.«

»Hm.«

Es kam keine weitere Konversation auf dieser Strecke zustande. Aber das machte auch nichts, denn wenige Augenblicke später rollte der Wagen – es war übrigens ein Vauxhall Light Six, also ein Fabrikat aus einer anderen, selbstverständlich weitaus besseren Zeit – über die Auffahrt zu einem Anwesen, das so entzückend vor malerischer Küste lag, dass die junge Frau im Fonds sich unvermittelt in einem Weihnachtsfilm wähnte.

»Wow!«, sagte sie. »Netter Kasten.«

»Ich bin auch jedes Mal wieder hingerissen, wenn ich mir die Bemerkung erlauben darf«, sagte der Chauffeur und setzte rasch seine Kappe auf – und kam dann doch zu spät, um die Wagentür wieder zu öffnen. Denn sein Fahrgast war bereits selbst ausgestiegen.

»War mir ein Vergnügen, Ma'am«, murmelte er und blickte ihr hinterher, wie sie in dem Gebäude verschwand, den kleinen schwarzen Rucksack über der Schulter.

»Miss Tourée!«, rief der Portier und strahlte sie an, als wäre sie der Weihnachtsmann persönlich. »Wir freuen uns, Sie im 24 Charming Street begrüßen zu dürfen!«

Der Schnellzug aus Edinburgh ist neben dem New Caledonian Sleeper, der die Insel von London her ansteuert, die wichtigste Bahnverbindung zwischen Großbritannien und der Isle of Skye. Wobei sie natürlich für die kleine Hauptstadt Portree ungleich bedeutender ist als für die große schottische. Es verschlägt nicht viele Geschäftsreisende dorthin, Urlaubsgäste sind in den Wintermonaten rar, und alte Damen, die sich mit zwei unpraktischen Handkoffern abmühen, sieht man am Bahnsteig des Fischerdorfs nur höchst selten.

»Darf ich Ihnen helfen, Ma'am?«, fragte ein freundlicher Herr, der eigentlich schon an ihr vorübergehastet war, sich aber dann doch eines Besseren besonnen hatte.

»Wenn es Ihnen nichts ausmacht, wäre es sehr nett, Sie würden einen meiner Koffer nehmen«, erklärte die Reisende, deren federgeschmückter Hut zum Erstaunen ihres Helfers dem heftigen Wind standhielt (woher sollte er, also der Helfer, auch wissen, dass man früher Hüte mit langen Nadeln im Haar festzustecken pflegte, also zu Zeiten, zu denen man solche Hüte noch trug).

»Sicher, Ma'am. Es ist mir ein Vergnügen.« Der Herr packte nicht nur einen der Koffer, sondern beide, und war Gentleman genug, damit nicht voranzuschreiten und seine Pflicht möglichst schnell hinter sich zu bringen, sondern begleitete die alte Dame in angemessenem Tempo zum Bahnhofsgebäude, wo sie ihn mit einem Lächeln verabschiedete, um sich einen Moment auf eine Bank zu setzen, ehe sie sich erneut dem stürmischen Wetter aussetzte.

»Taxi, Ma'am?«, fragte prompt ein Mann im verbeulten Jackett und mit einem Schnauzbart, der jedem Walross zur Ehre gereicht hätte.

»Ach, das haben Sie goldrichtig erkannt«, erwiderte die Lady und blickte vielsagend zu ihren Koffern hin. Der Taxifahrer ließ sich nicht lange bitten, packte die Gepäckstücke und beförderte sie beherzt in seinen vor dem Gebäude wartenden Wagen. Es war das einzige Taxi, das zu sehen war (zum Entzücken der älteren Dame eines dieser altmodischen schwarzen, wie sie auch in London oder Edinburgh herumfuhren). Aber die anderen Reisenden waren ja auch längst über alle Berge. »Da habe ich ja Glück, dass Sie noch da waren.«

»Pardon?«

»Die anderen Taxis sind alle schon weg.«

Der Fahrer lachte. »Sie haben die Ehre mit dem einzigen Taxi zu fahren, das am Ort zur Verfügung steht, Ma'am«, erklärte er und gluckste vor sich hin. »Alle schon weg …«, murmelte er in seinen Walrossbart. Dann hielt er ihr die Tür auf. »Wo soll es denn hingehen, Ma'am?«

»Zum 24 Charming Street, falls Sie das kennen.«

»Falls ich das kenne?« Er gluckste erneut und wuchtete seinen massigen Körper auf den Fahrersitz. »Gibt kein besseres Ziel auf dieser Insel.« Und während sie auf die Straße rollten, riet er: »Französisch, oder?«

»Absolut, Sir.«
»Paris?«
»Paris. Natürlich. Seit dreiundsiebzig Jahren.«
»O là là!«, übte sich der Fahrer in perfektem Französisch. »Davon sieht man aber fünfzig nicht, Ma'am, wenn ich das sagen darf.«
Die alte Dame musterte ihn mit spöttischer Miene. »Ich ernenne Sie hiermit zum Franzosen ehrenhalber«, erklärte sie, worauf der Mann hinter seinem Walrossbart wieder zu glucksen anfing.

Es wurde eine abenteuerliche und vergnügliche Fahrt, denn obwohl sie auf der ganzen Strecke keinem einzigen Hindernis und keinem entgegenkommenden Gefährt ausweichen mussten, war sie äußerst kurvenreich, und obwohl ein Schotte am Steuer saß, war sie kein bisschen schweigsam. Der Taxifahrer ließ es sich nicht nehmen, ungefähr jede Berühmtheit aufzuzählen, die er schon zum 24 Charming Street zu chauffieren die Ehre gehabt hatte, sei es die hinreißende Miss Lady Gaga gewesen oder der schwer beeindruckende Mr Hanks, sei es der unmögliche Mr Richards (stoned) gewesen oder die Queen (Mum) höchstselbst. Nicht alle kannte die alte Dame, namentlich bei den Fußballspielern und bei den Persönlichkeiten, die offenbar durch eine Fernsehshow namens *Greatest Crazy Talent* berühmt geworden waren, musste sie passen. Aber alles in allem war die Liste der prominenten Fahrgäste lang und beeindruckend.

»Mein Kompliment, Sir«, sagte sie, als der Wagen schließlich vor dem Hotel ankam. »Da haben Sie ja einiges erlebt.«

»Kann man wohl sagen, Ma'am«, erwiderte der Fahrer. »Das macht fünf Pfund siebzig, bitte.«

»Machen Sie acht.«

»Gerne, Ma'am, danke.«

»Sind Sie so nett und tragen noch meine Koffer nach drinnen?«

»Gehört zum Service, Ma'am.«

Etwas ermattet von der Reise, trat die alte Dame durch die mit üppigen grünen Tannenzweigen geschmückte Tür, die ihr von einem Hotelboy in Livree aufgehalten wurde, und blieb dann staunend stehen. Ein wahrhaft verzauberter Ort bot sich ihren Augen, ein Ort von ziemlich unvergleichlicher Schönheit. Wenn man von der jungen Frau absah, die in abgewetzter Lederjacke und durchlöcherten Jeans vor ihr am Empfang stand, das rabenschwarze Haar in wilden Büscheln vom Kopf abstehend und damit auch den Blick freigebend auf die kaum weniger durchlöcherten Ohrläppchen und ein Tattoo, das wie die Spinne, die es offenbar darstellte, aus ihrem Kragen gekrochen kam. Aber große Kunstwerke lebten ja bekanntlich von den Brüchen, die sie darstellten.

Die alte Dame hörte noch, wie der Portier sagte: »Dann wünsche ich Ihnen einen wunderschönen Aufenthalt, Ms Tourée. Wenn ich etwas für Sie tun kann, lassen Sie es mich wissen. Das 24 Charming Street möchte Ihnen für die Dauer Ihres Aufenthalts ein perfektes Zuhause sein.«

»Okay«, erwiderte die junge Frau. »Nett.«

»Sie haben Gepäck?« Der Portier sah sich verwirrt um.

»Nur das hier.« Sie warf den Kopf ein wenig schräg zurück, was wohl ein Hinweis auf den kleinen Rucksack war, den sie trug.

»Sehr wohl, Ma'am. Ja dann ...«

Im nächsten Moment war die junge Frau auf dem Weg auf ihr Zimmer und die alte Dame rückte vor, worauf der Portier sogleich wieder sein strahlendstes Lächeln aufsetzte. »Willkommen im 24 Charming Street, Ma'am! Was kann ich für Sie tun?«

»Guten Tag. Nun, ich habe mich gefragt, ob Sie noch ein Zimmer für eine spontan angereiste ältere Lady zur Verfügung haben.«

Der Portier hätte nicht betroffener dreinschauen können. »Ma'am, Sie bringen mich in Verlegenheit«, erklärte er. »Um diese Zeit ... also, so kurz vor Weihnachten, meine ich, ist unser Haus regelmäßig restlos ausgebucht. Und soweit ich es sehe ...« Er warf einen Blick auf eine Liste, die vor ihm lag. »... sind sämtliche Gäste, die reserviert hatten, auch tatsächlich bereits angereist. Die Lady gerade eben war die Letzte. Ich wüsste nicht ...« In einer hilflosen Geste hob er die Arme und schenkte ihr den bedauerndsten Blick, den die Hotelfachschule und eine gewisse Empathie einen Menschen lehren können.

»Verstehe«, meinte die alte Dame und sah sich um. »Darf ich mich vielleicht ein wenig in Ihre schöne Halle setzen, ehe ich mich auf die Suche nach einer anderen Unterkunft mache?«

»Gewiss, Ma'am«, beeilte sich der Portier ihr zu versichern. »Wir würden uns glücklich schätzen, Sie auf eine Tasse Tee einladen zu dürfen, während meine Kollegin aus dem Backoffice sich informiert, wo auf der Insel noch ein schönes Zimmer frei ist?«

»Wie liebenswürdig. Sehr gerne, Mister …«

»Henry. Einfach nur Henry, Ma'am.«

»Sehr liebenswürdig, Henry.«

Die Lobby, an die sich eine klassische Bar anschloss, war so liebevoll geschmückt wie das ganze Haus. Überall flackerten Kerzen auf den mit kleinen Gestecken dekorierten Tischen, in den tiefen Fensternischen standen interessante Bücher, die zur Lektüre einluden, über die Decke waren Girlanden aus Tannenzweigen gespannt, und über jedem Durchgang hatte man einladend einen Mistelzweig gehängt. Außerdem zierte ein prächtiger Weihnachtsbaum die Mitte der Halle, an dem unzählige Lichter mit entzückenden Anhängern um die Wette glitzerten. Paris mochte die Stadt des Lichts sein, aber das 24 Charming Street war zweifellos die Heimat der tausend kleinen Lichter, zumindest in der Weihnachtszeit.

»Guten Tag, Ma'am«, grüßte eine Mitarbeiterin des Hauses, offenbar japanischer Herkunft. »Darf ich Ihnen etwas von der Bar bringen?« Es schien, als musterte die junge Frau sie mit besonderer Neugier, ja beinahe, als meinte sie sie zu erkennen. Aber dann war sie wieder ganz vollendete Diskretion.

»Der Concierge war so freundlich, mich auf einen Tee einzuladen.«

»Selbstverständlich, Ma'am. Mit dem größten Vergnügen. Hätten Sie eine bestimmte Vorliebe?«

Die alte Dame zuckte die Achseln. »Ich nehme an, es gibt hier nichts, was nicht exquisit wäre.«

»Wir bemühen uns zumindest jeden Tag darum«, bestätigte die Frau, deren Namensschild sie als »Kiharu« auswies.

»Was würden Sie denn wählen?«

»Nun, um diese Tageszeit würde ich einen Sencha von Mariage Frères nehmen«, erklärte die Barfrau.

»Das klingt zwar verlockend heimatlich«, erwiderte die alte Dame. »Aber etwas Schottisches wäre mir ehrlich gesagt lieber.«

»Dann empfehle ich Rudbert's Finest – falls Sie es gerne etwas kräftiger haben, den Orange Pekoe. Ein Highland-Gewächs, natürlich nicht aus Schottland, sondern aus Kenia.«

Die alte Dame lachte leise. »Hach, wie habe ich das vermisst«, sagte sie, ohne zu erklären, was genau sie vermisst hatte. »Ja, bringen Sie mir ein Kännchen davon, bitte.«

»Mit Vergnügen, Ma'am.«

Auf einem kleinen Tischchen lagen – hübsch aufgefächert – einige Zeitschriften zur Lektüre aus. Die alte Dame griff nach einer Ausgabe von *Classic Chic* und blätterte, ein wenig amüsiert, was inzwischen als à la mode galt – und als klassisch dazu. Vielleicht musste sie ihr Urteil über die junge Lady von vorhin doch noch revidieren. Die Models jedenfalls (früher hätte man Mannequins gesagt), die die Kreationen präsentierten, sahen überwiegend aus, als hätten sie seit Wochen unter der Brücke geschlafen, und zwar in den betreffenden Stücken. Und doch: Bisweilen war ein Rock dabei, eine Bluse, ein Etuikleid, dem man klassische Eleganz nicht absprechen konnte. Und wenn man jemandem ein Urteil über klassische Eleganz zutrauen durfte, dann war es die alte Dame, wie wir noch feststellen werden.

»Madame?«

»Bitte?«

»Wenn Sie erlauben ... Es hat sich da eine Möglichkeit ergeben ...«

»Eine Möglichkeit?« Die alte Dame musterte den Portier neugierig. Er war sehr beflissen, aber es fehlte ihm doch noch ein wenig das Format, das man in solcher Position erwartete.

»Wenn Sie sich mit einem zugegebenermaßen sehr kleinen Einzelzimmer begnügen könnten ... das leider auch keinen Seeblick hat ...«

»Ach, Sie hätten doch noch eine Unterkunft für mich?«

»Offen gesagt, entspricht diese Möglichkeit nicht ganz den Anforderungen, die wir selbst an unser Haus stellen. Andererseits ... es dürfte schwierig werden, etwas Angemessenes zu finden. Die Weihnachtszeit ... der Umstand, dass wir das einzige Fünfsternehaus auf der Insel sind ... die Kurzfristigkeit ... Wenn Sie verstehen, was ich meine.«

»Absolut, Henry. Das verstehe ich vollkommen. Lassen Sie mich meinen Tee trinken, dann komme ich zu Ihnen an den Empfang, und wir regeln die Formalitäten.«

»Gerne, Madame. Auf welchen Namen darf ich denn die Papiere ausfertigen?«

»Bonnechance«, erwiderte die alte Dame.

»Pardon?«

»Bonnechance. Martine.«

»Oh! Verstehe. Wunderbar, Madame Bonnechance. Ihr Gepäck bringen wir inzwischen schon einmal nach oben.« Und weg war er.

Dafür kam der Tee, den die entzückende Lady aus Japan mit solcher Eleganz einschenkte, dass Martine Bonnechance sich gewünscht hätte, ein Redakteur von *Classic Chic* wäre vor Ort gewesen, um einmal mit eigenen Augen zu sehen, wie classic chic auszusehen hatte.

Als sie einige Zeit später, beschwingt von einem ebenso kräftigen wie aromatischen Tee an die Rezeption trat, strahlte der Portier die alte Dame geradezu an. »Ich habe mir erlaubt, noch einen kleinen Korb Weihnachtsgebäck auf Ihr Zimmer zu schicken – und ein wenig Champagner zur Stärkung nach der Anreise.«

»Das ist das 24 CS, wie ich es kenne«, sagte sie.

»Ach, Sie kennen unser Haus bereits?«

Falls da ein winziges Zögern war, so gab der Portier jedenfalls vor, es nicht bemerkt zu haben. »Wer kennt es nicht«, entgegnete Madame Bonnechance. Der Blick, den sie wechselten, besagte aber ganz klar: die meisten Menschen. Denn in der Tat, die meisten Menschen kannten das 24 Charming Street nicht, das ja nicht zuletzt von seinem Ruf lebte, das perfekte »Hideaway« zu sein – ein Begriff, den man im Hause selbst freilich nie benutzt hätte. Vielmehr zog man es hier vor, von der »Atmosphäre besonderer Diskretion« zu sprechen, und stolz darauf zu sein, dass es dieses Hotel noch nie nötig gehabt hatte, irgendwo eine Anzeige zu schalten oder auf sonst eine Weise für sich zu werben – außer natürlich durch den unvergleichlichen Service, den man den Gästen bot. Ja, man hatte nicht einmal eine eigene Website. Nun, wozu auch, es gab ja gar keinen Internetempfang an dieser Stelle der Insel.

»Ihren Ausweis bräuchte ich noch, Madame, wenn Sie erlauben.«

»Aber natürlich, mein Guter.« Madame Bonnechance blickte sich um. »Oje, nun haben Sie mein Gepäck schon nach oben gebracht. Ich fürchte, ich muss später irgendwann vorbeikommen, um ihn Ihnen zu bringen.«

»Keine Eile, Madame. Darum können wir uns bis zu Ihrer Abreise kümmern.« Hätte der Portier gewusst, wie nah er damit der Wahrheit kam, hätte er womöglich eine weitere Alternative vorgeschlagen. Doch wer misstraut schon einer entzückenden Lady in vorgerückten Jahren, noch dazu, wenn Weihnachten vor der Tür steht und man um alles in der Welt vermeiden möchte, sie in die Nacht hinauszuschicken. Denn in der Tat neigte sich der Tag seinem frühen Ende zu, und draußen gingen überall die Lichter an.

»Wissen Sie denn schon, wie lange Sie bei uns bleiben möchten?«

»Wenn Sie mich so fragen, Henry, dann müsste ich wahrscheinlich sagen, für immer.« Sie lachten beide. »Aber ich denke, wir planen erst einmal über die Weihnachtstage. Dann sehen wir weiter.«

»Sehr wohl, Madame. Dann bitte ich Nick, Ihnen Ihr Zimmer zu zeigen.« Der Portier winkte einen Pagen herbei (wir kennen ihn bereits als den jungen Mann, der den Vauxhall Light Six so unvergleichlich souverän über die halsbrecherischen Straßen der Insel gesteuert hatte) und reichte ihm den Schlüssel für Zimmer 2.

»Merci, Monsieur.«

»Merci, Madame«, erwiderte Henry. »Und einen schönen Aufenthalt!«

Santa Flip

Zimmer 7, wo man die junge Frau aus dem Schnellzug einquartiert hatte, war die – in dieser Jahreszeit – sogenannte Weihnachtssuite. Entsprechend sah sie aus: Schmuck und Deko überall. Dazu allerlei kleine Aufmerksamkeiten in Form von Gebäck oder romantischen Windlichtern, in denen edle Kerzen schimmerten, sanfter Musik schon beim Eintreten, ein sachter Duft von Zimt und Zitrusfrüchten in der Luft ... »Wow«, wiederholte Kate und warf ihren Rucksack aufs Bett. Sie schleuderte ihre Chucks in eine Ecke und trat ans Fenster, wo sich natürlich nichts anderes vor ihrem Blick ausbreitete als die typische schottische Ödnis: kahles Land und graues Meer. Immerhin gab es wegen des rauen Wetters einiges an Seegang zu studieren, wozu allerdings der Gast aus Glasgow wenig Neigung bewies. Stattdessen wandte sie sich wieder um und erkundete ihre Unterkunft etwas genauer.

Im Bad warteten gewärmte Handtücher auf sie und diverse hübsche Fläschchen mit Shampoo, Bodylotion, Conditioner usw. (die sie gleich mal zu ihrem Rucksack aufs Bett warf), in der Minibar gekühlte und nicht minder hübsche Fläschchen mit Whisky, Gin und Schampus (die sie spontan hinterherwarf). Die Matratze wäre perfekt geeignet gewesen für ein paar vergnügliche Stunden zu zweit. Der Teppich hätte dafür allerdings auch getaugt, so flauschig wie er war. Die Musikauswahl eher nicht. Kate stellte den Weihnachtskitsch ab und griff nach ihrem Handy, um es mit der Hi-Fi-Anlage zu connecten und eine ihrer eigenen Playlists abzuspielen, was allerdings schon daran scheiterte, dass man hier offenbar weder Bluetooth kannte noch – fassungslos starrte sie auf ihr Display – irgendeine Internetverbindung.

Zum Glück gab es ein Telefon. Und der Portier meldete sich auch in Lichtgeschwindigkeit. »Der Empfang, Henry am Apparat? Was kann ich für Sie tun, Madame Tourée?«

Dieser Name! »Ich rufe an, weil ich hier im Zimmer kein Internet habe. Und keine Verbindung für mein Mobiltelefon bekomme.«

»Verstehe, Ma'am. Das ist korrekt.«

»Korrekt?«

»Wir haben im ganzen Hotel weder Internet- noch Mobilempfang.«

Die folgenden Sekunden verstrichen wortlos, weil sich die Gedanken im Kopf der jungen Frau buchstäblich gegenseitig blockierten – und die Worte, die sie dazu zu sagen gehabt hätte, ebenfalls. Schließlich brachte sie etwas hervor, das man als Ächzen hätte verstehen können oder als »Thank you«. Der Concierge jedenfalls erwiderte nur: »Jederzeit gerne, Ma'am. Wenn ich sonst etwas für Sie tun kann, rufen Sie einfach an.«

Kein Handy. Kein Internet. Auf einmal erschien Kate

die Suite in ganz anderem Licht. In finsterem, um es direkt zu sagen. Mittelalterlichem, wenn man so will. Sie legte auf und saß noch eine Weile neben dem Telefon, als erwarte sie, es käme jeden Moment ein Rückruf mit der Botschaft: »Scherz! Natürlich sind wir voll digitalisiert. Hier kommt der Code ...« Was natürlich illusorisch war. Stattdessen lag dort, wo man vielleicht einen Zettel mit den Login-Daten erwartet hätte, ein Kärtchen aus hübschestem Büttenpapier, auf dem mit Tinte und Feder geschrieben stand: *Willkommen, Ms Tourée.*

Nachdem sie sich von ihrem Schock erholt hatte, beschloss die junge Frau, erst einmal an die Bar zu gehen. Denn so traditionsbewusst immerhin war sie, dass es auf solch niederschmetternde Überraschungen einen Drink brauchte. Kurz warf sie einen Blick auf ihren Rucksack, zögerte und entschied sich dann doch, dass man in so einem Hotel nicht befürchten musste, dass etwas geklaut würde. Oder?

Das allerdings brachte sie auf etwas, was sie nur aus dem Kino kannte. Neugierig stand sie auf und unterzog die Suite einer zweiten Inspektion – um in der Tat fündig zu werden! In dem überdimensionalen Kleiderschrank im begehbaren Umkleidezimmer (das übrigens kaum kleiner war als ihre komplette Bude in Glasgow) fand sie einen Safe zu ihrer Verfügung. Das Prinzip war denkbar einfach, sie musste nur eine vierstellige PIN eingeben, die sie sich selbst ausdenken durfte, dann die Raute-Taste drücken – und schon schloss sich diese geheimnisvolle kleine Kammer zu ihrer ausschließlich eigenen Verfügung. Die PIN erneut eingeben, hieß, sie wieder zu öffnen. Dass sie die 1225 wählte, hatte ganz banale biografische Gründe.

Wenige Augenblicke später hatte sie ihre »Wertgegenstände« weggeschlossen und sich auf den Weg zur Bar gemacht, wo sie eine ziemlich coole Lady vorfand, die ziemlich cool den Mixer schwang. Okay, vielleicht gab es in dieser Düsternis am Ende der Welt ja sogar so etwas wie Lichtblicke.

»Den Santa Flip kann ich Ihnen empfehlen.«

»Den Santa Flip?« O Gott, jetzt würde die alte Schachtel sie auch noch zu einem Gespräch nötigen!

»Eine Eigenkreation von Miss Kiharu hier.« Die Oma deutete auf die Barfrau, deren Lächeln offenbar gerne einen Hauch Ironie zeigte.

»Hm. Danke. Ich hätte lieber einen Whisky-Cola.«

»Bourbon-Coke? Oder Jameson-Pepper?«, fragte die Bartenderin und hielt zwei Whiskyflaschen in die Höhe.

»Gerne Jameson-Pepper. Am besten fifty-fifty«, erwiderte die junge Frau und wandte sich ein wenig zur Seite, um von der alten Lady in Ruhe gelassen zu werden. Was diese allerdings offenbar nicht beeindruckte. »Der Abend hält länger, wenn man ihn eins zu zwei mixt.«

»Das ist auch meine Meinung«, erklärte die Barfrau. »Aber an der Bar gilt wie im Hotel: Der Gast hat immer recht!« Und sie crushte etwas Eis, um John Jamesons Dubliner Destillat darüber zu gießen, ehe sie eine Dose Dr Pepper öffnete und dazugab. »Die restliche Dose können Sie mir überlassen«, erklärte die junge Frau und zog das Glas zu sich.

»Gerne, Ma'am.« Kiharu stellte die Cola-Dose dazu. Dann widmete sie sich anderen Bestellungen.

»Sie sind zum ersten Mal hier?«, wollte die alte Dame wissen.

»Hm.«

»Schönes Haus, nicht wahr? Ein Ort, gemacht, um sich wohlzufühlen.«

Es war mehr als deutlich, dass genau das der jungen Frau nicht so recht gelingen wollte. Jedenfalls wirkte sie nicht wie jemand, der sich wohlfühlte – in seiner Haut oder an seinem Ort.

»Und Sie bewohnen die legendäre Weihnachtssuite, wie ich zufällig gesehen habe!«

Dass die alte Schachtel tatsächlich irgendetwas zufällig sah, glaubte die junge Frau im Leben nicht. Es war ja mehr als offensichtlich, dass sie sich gerne in anderer Leute Angelegenheiten mischte. Womit sie allerdings bei ihr an die Falsche geraten war. Nun, die meisten Schwätzer bringt man zum Schweigen, indem man einfach nichts sagt. Allerdings ging dieser Plan bei der herausgeputzten Omi an der Bar nicht auf. »Wussten Sie, dass es dieses Hotel seit über hundert Jahren gibt?«

Die junge Frau zuckte mit den Schultern. »Nope«, sagte sie und wollte schon etwas hinzufügen, ließ es aber dann.

»Nun, jetzt wissen Sie es. Und den Brauch mit der Weihnachtssuite gibt es auch schon seit den Neunzehnhundertfünfzigern.«

Die junge Frau nahm einen Schluck von ihrem Whisky-Cola, schenkte sich dann doch aus der Dr-Pepper-Dose nach, weil fifty-fifty offenbar erst nach Mitternacht schmeckte, und zuckte die Achseln. »Nett.«

»Ja, nett, nicht wahr? So müssen Sie nichts bezahlen. Nicht die Unterkunft, nicht das Restaurant, nicht diesen Drink hier …«

Nun wandte sich die junge Frau der alten Dame doch zu und musterte sie etwas sorgfältiger. Dieses Kleid! Wahrscheinlich hätte sie damit zum Empfang der Queen gehen können. »Wie? Nichts bezahlen?«

»Ach? Schreiben sie das jetzt gar nicht mehr auf die Einladungen?«, erwiderte Martine Bonnechance und blickte etwas amüsiert über ihren Santa Flip hinweg auf ihr Gegenüber. »Das überrascht mich.« Und dann überraschte sie die junge Frau mit einigen Informationen, die für sich genommen schon nach Weihnachtsmärchen klangen, ehe sie sich eilends verabschiedete, um sich »noch ein wenig schick« zu machen für das Dinner. Wobei es ihrer Gesprächspartnerin schwerfiel, sich vorzustellen, wie sich so eine Omi noch schicker machen wollte, als sie ohnehin schon war.

Womit bewiesen wäre, dass das Vorstellungsvermögen mit dem Alter eher zu- als abnimmt. Denn in Sachen Stil und Klasse machte der älteren Dame so schnell niemand etwas vor. Wobei sie übrigens unbedingt zugestimmt hätte, dass beides nicht zwingend mit edler Garderobe zu tun hatte – diese half lediglich ein wenig dabei als, sagen wir, Werkzeugkasten.

Das Zimmer der Madame aus Paris war in der Tat das kleinste im ganzen Haus (was bei dreißig Zimmern nicht zu viel bedeutete), und es blickte zur Straßenseite hin, was naturgemäß damit einherging, dass die Aussicht nicht aufs Meer wies, sondern auf die Hügel, die hinterm Haus lagen. Nun muss allerdings, um der Wahrheit die Ehre zu geben, bemerkt werden, dass mit allzu viel Straßenlärm nicht zu rechnen war, obwohl es sich bei der Küstenstraße um die wichtigste Verkehrsader der Insel handelte. Ab und zu fuhr ein Pkw vorbei, gelegentlich ein Lieferwagen – und einmal die Stunde der Linienbus (auf den wir gewiss noch zu sprechen kommen werden).

Obwohl es also sozusagen das Stiefkind unter den Gästezimmern war, so war es doch nicht minder liebevoll ein- und hergerichtet: Nicht nur das versprochene Körbchen mit Weihnachtsgebäck fand sich, auch sonst überzeugte die Unterkunft mit Geschmack und Gemütlichkeit, einer entzückenden Dekoration mit reichlich Stechpalmzweigen – und einem Paar Hotelhausschuhen, die so einladend aussahen, dass Martine Bonnechance die Louboutins beiseitelegte, die sie gerade schon zur Hand genommen hatte, um einfach für ein paar Augenblicke ihren Füßen dieses Vergnügen zu gönnen. Ein Fehler, wie sich herausstellte, wenn auch ein verzeihlicher. Denn solchermaßen von unten her durch die schottischen Pantoffeln und zugleich durch den Santa Flip auch noch innerlich gewärmt, sank die alte Dame auf das

Bett zurück und konnte nicht verhindern, sogleich ins Reich der Träume zu gleiten. Für ein Stündchen nur – aber immerhin: Es war ein überaus erquickendes Stündchen!

Wieder wach, schlüpfte Martine Bonnechance aus ihrem Cocktailkleid, machte sich etwas frisch und legte – man weiß schließlich, was man sich wert ist – einen Hauch Chanel N° 5 auf und eine Winzigkeit eines Dufts, den sie sich von einem entzückenden alten Parfumeur in der Rue Tiquetonne hatte kreieren lassen. Zu den nachtblauen Pumps wählte sie ein grünblau changierendes Paillettenkleid und die einfache Perlenkette. Man musste es schließlich nicht übertreiben, Weihnachten würde erst noch kommen.

Etwas unzufrieden war sie mit ihrer Frisur, aber sind wir das nicht alle? Erfahren genug mit ihren eigenen Unzulänglichkeiten, entschied sich Martine Bonnechance für die leicht verwegene Variante, bei der sie aus dem hochgesteckten Haar einige Strähnen herauszupfte, um den Rest wie absichtlich unperfekt wirken zu lassen. Die Herren mochten das ihrer Erfahrung nach – und die Damen sollten lieber an ihre eigenen Modesünden denken.

Zu guter Letzt ein wenig Rouge, den Lidstrich nachgezogen und die Lippen etwas aufgefrischt ... So konnte es gehen. Dazu die dunkelblaue Clutch und der Weg zum hoteleigenen Restaurant erledigte sich wie auf Wolken (wenn man von den Absätzen absah; aber wer täte das nicht).

Madame Bonnechance war schon auf dem Weg aus der Tür, als ihr etwas Entscheidendes einfiel! Rasch drehte sie um und entnahm ihrer Handtasche, mit der sie angereist war, einen Umschlag – nur für die paar Schritte an der berühmten Weihnachtssuite vorbei, ehe sie den Fahrstuhl nahm.

Die Gesetze des Savoir-vivre

Zu den alten Traditionen dieses an alten Traditionen reichen Hotels zählt ein Brauch, wie er wohl sonst nirgendwo auf der Welt zu finden ist: Alljährlich bittet das 24 Charming Street die Gäste, die zur Weihnachtszeit dort residieren, eine Person zu benennen, der das unvergleichliche Privileg einer Einladung an diesen so besonderen Ort zuteilwerden soll. Wobei sich der Begriff »Einladung« auf alles bezieht, was die betreffende Person an Wünschen und Bedürfnissen sich selbst zu erfüllen beliebt: Nicht nur die Übernachtung ist also frei, sondern auch die Verpflegung einschließlich aller Getränke und Extras sowie sonstige Annehmlichkeiten, die ein Haus solchen Ranges bietet.

Es kommt folglich jedes Jahr eine illustre Auswahl an Persönlichkeiten zusammen, von denen eine nach einem geheimen Ritual ausgewählt wird (das übrigens im Beisein einer Flasche Whisky und unter Verwendung eines – selbstredend schottisch gemusterten – Tuchs um die Augen des Chefportiers zum Abschluss der Weihnachtssaison am Tag nach Neujahr vollzogen wird). Auf diese Weise waren schon Postboten, Pizzabäcker, Änderungsschneiderinnen, Lastwagenfahrer, Kinderbuchillustratorinnen und Kinderfrauen in den Genuss ungeahnt luxuriöser Ferien gelangt. Natürlich hatte man auch des Öfteren Menschen als Weihnachtsgäste empfangen, die sich einen solchen Aufenthalt ohne Weiteres selbst hätten bezahlen können. Denn wie es nun einmal so ist: Reiche Menschen kennen oft reiche Menschen – und sie denken nicht immer an jene weniger Begüterten, denen das Leben kaum jemals einen märchenhaften Aufenthalt im Grandhotel gönnt (und sei es das kleinste der Welt). Gleichwohl stellten die Mitarbeiterinnen und Mitarbeiter des Hauses jedes Jahr aufs Neue fest, dass unerwartet viele ihrer Gäste genau das taten: Sie dachten an die Ärmeren. Menschen, von denen sie wussten, wie wichtig sie waren, vielleicht auch, wie wichtig sie *für sie* waren. Und letztlich war dies ja der Zweck dieser Einrichtung: Menschen daran zu erinnern, dass man manchmal auch ein wenig Dankbarkeit zeigen sollte.

Da alle Karten anonym abzugeben waren (und auch gar keinen Platz für eine Unterschrift oder dergleichen boten), wusste niemand je, wer für die Einladung des neuen Weihnachtsgasts verantwortlich war. Selbst so erfahrene Mitarbeiter wie der Chefportier Richard (der diesmal am Tag der Anreise allerdings wegen einer familiären Angelegenheit nicht vor Ort gewesen war und den wir erst morgen kennenlernen werden, während heute noch Henry, der zweite Portier, die Stellung hält), selbst so erfahrene Mitarbeiter also blickten deshalb immer wieder voll freudiger Erwartung dem Eintreffen der ausgewählten (man möchte am liebsten sagen: auserwählten) Persönlichkeit entgegen. Und äußerst selten kommt es vor, dass es sich dabei um jemanden handelt, der dem Haus bereits von einem früheren Aufenthalt her bekannt ist.

Odile Tourée also, so viel lässt sich dem Vorangegangenen entsprechend entnehmen, zählte nicht zu den Menschen, die Henry bereits gekannt hätte oder hätte kennen müssen – auch wenn es gewiss einige Bewohner dieses Planeten gibt, die Letzteres vehement bestritten hätten. Und es verbat sich auch, über Äußerlichkeiten nachzudenken, wie etwa die für den Besuch eines Luxushotels sehr unangemessene Garderobe oder den erstaunlichen Körperschmuck, den die junge Dame mit sich herumtrug. Wer im 24 Charming Street abstieg, war Fürstin oder Fürst. Und zugleich war er ein Familienmitglied, über dessen Heimkehr man sich von ganzem Herzen freute. So empfanden es die Mitarbeiterinnen und Mitarbeiter des Hauses (zumindest in den meisten Fällen) und so handelten sie vor allem. Wer durch die Tür des 24 CS trat, sollte unter allen Umständen in eine glücklichere und schönere Welt eintreten, eine Welt, in der man die Mühen und Ärgernisse des Alltags hinter sich lassen und für die Dauer des Aufenthalts ganz bei sich sein durfte.

So gingen auch diesmal die letzten Tage vor dem Weihnachtsfest hin mit der Anreise der Gäste, mit dem Sich-Einrichten im erquicklichen Hier und Jetzt, während die dienstbaren Geister, die das Hotel betrieben, alles nur Mögliche taten, damit der Aufenthalt das würde, was

Richard stets mit dem einen, entscheidenden Wort bezeichnete: perfekt.

Ein gedecktes Dinner, leise Pianomusik, elegant gekleidete Bedienung und eine Speisekarte, auf der in Whisky marinierte Austern zum Schlichtesten gehören, mögen für die meisten Gäste ein Fest für alle Sinne sein. Für manche freilich sind sie eher anstrengend. So wie für die junge Frau aus Glasgow, die mit gerunzelter Stirn auf die drei Gläser blickte, die vor ihr standen, und auf die Auswahl von Besteck.

»Sie haben gewählt?«

»Hm. Muss ich mich an die Karte halten?«, fragte sie.

»Aber nein, Ma'am«, erwiderte der Ober, an diesem Abend war es Steven. »Unsere Chefs werden alles versuchen, auch alternative Wünsche zu erfüllen.« Er griff nach der Karte, die sie ihm hinhielt. »Gibt es denn etwas, womit wir Sie glücklich machen würden?«

»Satt würde mir genügen. Ich hätte gerne Fish 'n' Chips, falls das machbar wäre.«

»Absolut, Ma'am!«, beeilte sich der Ober ihr zu versichern. »Vielleicht etwas hausgemachte Mayonnaise dazu?«

»Ketchup«, entschied die junge Frau und warf dem Kellner einen abschätzigen Blick zu. »Von Macy's, falls Sie haben. Sonst kann es auch einer von Heinz sein.«

»Wir werden tun, was wir können, Ma'am.«

»Und ein Bier. Ein Punk IPA?«, schlug sie vor.

»Oder vielleicht ein Innis & Gunn?«

Sie zuckte die Achseln. Dann eben das. Man konnte nicht alles haben.

Die alte Schachtel vom Nachmittag betrat das Restaurant. Es empfahl sich wohl, nicht hinzusehen, wollte man nicht gleich ins nächste Gespräch verwickelt werden. Immerhin, die Musik war gut. Nicht unbedingt, was der rüstige Rentner am Flügel zum Besten gab, aber *wie* er es spielte: Der Mann war vom Fach. Und er hatte den richtigen Grove. Dafür hatte sie ein Ohr. Abgesehen davon, schien der gute Mann ein Schwerenöter zu sein, denn er wirkte geradezu elektrisiert, als er die Lady im Paillettenkleid sah. Okay, zugegeben, die alte Dame verstand sich wirklich auf Mode. Es war vielleicht nicht ganz trendy, aber es hatte Klasse. Wahrscheinlich war es auch unfassbar teuer. Aber der Fummel ließ sie glatt zwanzig Jahre jünger aussehen. Na ja, dann ging sie eben für siebzig durch.

Im Saal gab es die unterschiedlichsten Gäste, wobei man von fast allen hätte sagen können, dass sie nicht zu der Sorte Mensch gehörten, mit denen die junge Frau im Alltag viel zu tun hatte. Da waren gesetzte Herrschaften, die mit einem Glas Wein anstießen und »Cin Cin« sagten (man konnte es ganz leise hören). Da waren Eltern mit zwei Kindern, von denen man kaum zu sagen vermochte, wer anstrengender war: die Eltern oder die Kinder. Letztere stießen ständig etwas um, Erstere gaben sich gegenseitig die Schuld daran. Da war ein Gentleman im Smoking mit einer viel zu jungen Begleiterin (es sei denn, er war mit seiner Tochter hier?). Da waren zwei

Frauen mittleren Alters, die offenbar so was wie einen »Mädels-Urlaub« veranstalteten (wenn sie nicht einfach ein etwas zu alkoholisiertes Liebespaar waren). Und natürlich Mildred Porter, die Frau des Premierministers, und ihre zwei halbwüchsigen Jungs, die sich gegenseitig darin übertrafen, sich danebenzubenehmen (einer von ihnen fischte gerade mit den Fingern nach der Limettenscheibe in seiner Cola) … Es war eine illustre Schar von Gästen, denen offenbar eines gemein war: Sie waren wild entschlossen, es sich hier gut gehen zu lassen.

Und für einen winzigen Augenblick beneidete sie diese Menschen.

»Ein Innis & Gunn, Ma'am?«

»Danke.« Sie blickte zum Namensschild und dann erst in das Gesicht des Kellners. »Oh, hi! Sie sind hier das Mädchen für alles?«

»Nicht ganz«, erwiderte Nick. »Aber fast.«

»Kenne ich. Ist bei mir sonst auch so. Auf Sie, Nick.«

»Zu freundlich, Ma'am.«

Sie nahm einen Schluck von ihrem Lager, nickte und stellte das Glas ab (übrigens ein lächerlicher Kelch, aus dem man vielleicht einen verrückten Sommercocktail trinken konnte oder eine geschäumte Himbeerbrause, aber absolut kein Bier).

»Kann ich sonst noch etwas für Sie tun, Ma'am?«, wollte der Kellner wissen.

Die junge Frau senkte die Stimme: »Muss das sein?«

»Pardon?«

»Dass Sie mich *Ma'am* nennen. Ich komme mir vor wie hundert.«

Nicks Mundwinkel zuckte, was ihn wirklich sympathisch aussehen ließ. »Verstehe, Ma … Miss. Ähm. Miss Tourée. Es ist eben so der Brauch. Deshalb. Aber wenn Sie wünschen, dass wir Sie Miss Tourée nenne …«
»Hm. Besser als Ma'am.«
»Sehr wohl, Miss.«

Immerhin, die Küche verstand ihr Handwerk. Die Fish 'n' Chips gehörten zum Besten, was sie seit Langem gegessen hatte. Die konnten es glatt mit denen von Trucker-Sam aufnehmen, der seinen Food Truck regelmäßig am östlichen Seiteneingang von Glasgow Central parkte, also nicht weit von ihrem Zuhause entfernt (nun gut, wenn man bei diesem überteuerten Loch von »Zuhause« sprechen konnte).

Satt und beinahe ein bisschen versöhnt mit dem Kaff, in das es sie hier verschlagen hatte, kehrte sie auf ihr Zimmer zurück – um unter der Tür einen Umschlag zu finden:

Mme Odile Tourée
Rue Coquillière 13
75001 Paris

Feinstes Papier, mit Füllfederhalter beschriftet, geradezu kalligrafisch! Und geöffnet. Mit angehaltenem Atem nahm die junge Frau aus Glasgow die darin befindliche Karte heraus, auch sie per Hand beschrieben:

Dear Ms Tourée

Wir freuen uns, Sie dieses Jahr als Ehrengast unserer Weihnachtssaison in der Zeit vom 20. bis 31. Dezember in unser Haus einladen zu dürfen. Sie wurden aus den von unseren verehrten Gästen Nominierten ausgewählt. Bitte teilen Sie uns bis zum 15. d. M. mit, ob Sie unsere Einladung annehmen möchten. Selbstverständlich sind alle Annehmlichkeiten des 24 CS für Sie frei.

Mit den vorzüglichsten Grüßen
24 Charming Street/Isle of Skye
Grandhotel since 1887

»Henry?«

»Ma'am? Was kann ich für Sie tun?«

»Sagen Sie … Hier gibt es doch sicher noch Möglichkeiten auszugehen?«

»Gewiss Ma'am! Falls Sie noch eine Empfehlung für ein hübsches kleines Fischerrestaurant möchten …«

»Ich war bereits hier im Haus essen.«

»Oh! Verstehe. Dann vielleicht ein Pub! Es gibt ein entzücken …«

»Vielleicht geht's eine Spur weniger entzückend?«

»Pardon?«

»Ich würde gerne wo hingehen, wo was los ist!«, machte sie klar.

»Ah! Aber sicher, Ma'am! Dann würde ich empfehlen, nach Portree zu fahren. Im Hank's Up gibt es Livemusik. Das müsste …« Henry blickte auf seinen Kalender. »Ja, auch heute zum Beispiel.«

»Hm. Klingt, als wär's einen Versuch wert, was?«

»Soll ich Ihnen den Wagen rufen?«

»Yeah. Guter Gedanke!«

Wenig später saß sie im Fonds des antiquierten Vauxhall und versuchte, nicht daran zu denken, dass man in einem Wagen eigentlich nicht seekrank werden konnte. Konnte man doch nicht, oder? Wenn allerdings ein solcher Wagen in tiefster Dunkelheit über kurvenreiche Straßen fährt, die sich auch noch unablässig hoben und senkten, dann kam das offenbar einer stürmischen Überfahrt auf hoher See durchaus nahe. Und die junge Frau aus Glasgow kam ihrerseits einem Zustand nahe, der dem Interieur des edlen Gefährts nicht zuträglich gewesen wäre. »Sind … wir … bald … da?«

»Nach der nächsten Kurve, Miss Tourée.«

Es dürfte zu den seltenen Vorkommnissen auf der Insel gehören, dass ein Gast des Hank's Up (oder eines anderen britischen Pubs) sich übergibt, *bevor* er das Lokal betritt. Sehen wir deshalb über dieses Detail hinweg und begleiten wir die junge Frau nach drinnen, wo sich auf einer kleinen Bühne gerade Alwin & Bella verausgabten. Er mit Dudelsack, sie mit Mezzosopran. Schwer zu sagen, wer schräger heulte.

An dem Punkt verfluchte sich unsere Heldin zum ersten Mal nachdrücklich für die Schnapsidee (eigentlich waren es mehrere Schnapsideen), die ihr das alles eingebrockt hatte, während sie nur mit halbem Ohr zur Kenntnis nahm, dass das Handy in ihrer Tasche den Eingang mehrerer neuer Nachrichten verkündete.

Es war nicht viel los in diesem »Club«, wahrscheinlich waren die Insulaner schon auf dem Weg ins Bett, um morgen mit der Flut auszulaufen oder im Morgengrauen die Schafe zu füttern. Ein paar Männer saßen an den hinteren Tischen, an der Bar hielten sich drei Typen an ihren Gläsern fest und blickten in unregelmäßigen Abständen zu der Neuen hin. Frauen schien es in Portree nicht zu geben. Aber gut, welche Frau wäre im Ernst bereit, freiwillig ihren Fuß in eine solche Kneipe zu setzen – außer Bella natürlich. Und bei der konnte man nicht sicher sein, ob sie nicht unter Drogen jaulte.

»Ein Bier?«, fragte der Barkeeper.

»Wenn ich das hier noch länger anhören muss, definitiv!«

Ein Bier allerdings half nicht viel. Auch das zweite nicht. Tatsächlich wurde die Musik aber mithilfe eines dritten Pints etwas melodischer oder harmonischer, jedenfalls: bekömmlicher. Und beim vierten ertappte sich die junge Frau dabei, dass sie den Refrain mitsang.

Einer der Männer an der Bar fühlte sich ermutigt, zwei Stühle weiter zu rücken und damit so nah, dass man sein Deo hätte riechen können (wenn er eines benutzt hätte). »Hey, Lady«, raunte er und kratzte sich im Achttagebart. »Sie sind neu hier, oder?« Dass er keine Antwort bekam, schien ihm Ermutigung genug. »Sie sind gut drauf, oder? Haben Sie … also, haben Sie nachher schon was vor?«

»Miss Tourée?«, schaltete sich von der anderen Seite her jemand ein. »Miss Tourée.«

Erst aufs dritte Mal reagierte sie: »Oh! Ja! Tourée, klar. Hm, hi Nick!«

»Hi, Miss Tourée. Ich dachte, ich schaue mal nach Ihnen.«

»Sie haben die ganze Zeit draußen gewartet?«

»Na ja«, erwiderte Nick. »Ist nicht leicht, eine Fahrgelegenheit zurück zu finden, wenn es später wird.«

»Oh, Sie sind süß«, rief sie und beugte sich zu ihm. »Trinken Sie noch ein Bier mit mir?«

»Gerne. Aber nur eines. Ich will Sie schließlich sicher nach Hause bringen.«

»Nach Hause ...« Sie blickte ihm tief in die Augen. Für einen Moment schien sie ganz verloren.

»Ins 24 Charming Street.«

»Ah ja! Gute Idee! Ich dachte schon, Sie wollen mich ins East End bringen.«

»Ins East End? Von Paris?«

»Paris?«

Der Barmann stellte ein Bier vor Nick. Der hob sein Glas und stieß mit ihr an. »Paris. Sie kommen doch aus Paris, nicht wahr?«

»Oh! Ja! Paris. Absolut. Eiffelturm, Champs-Élysées, Gucci ...«

»Gucci«, wiederholte der Page. »Sie sind wirklich witzig.«

Und du bist süß, dachte sie.

Von ihrem Fenster zur Straße aus konnte die alte Dame sehr gut beobachten, wer das Hotel verließ oder wer hier ankam. Sie hatte den langen Tag mit einem ausgiebigen Bad beschlossen und sich noch ein Gläschen Champagner eingeschenkt, um mit sich selbst anzustoßen. Auf schöne Erinnerungen, auf große Gefühle, auf Hoffnungen, die sich vielleicht eines Tages noch erfüllen mochten … Was man eben so denkt, wenn ein großer Teil des eigenen Lebens bereits hinter einem liegt und man gerne noch einen nicht allzu kleinen Teil anfügen würde, und zwar – wie es den Gesetzen des Savoir-vivre entspricht – lustvoll und aufregend.

So stand sie am Fenster, nippte an ihrem Glas, spürte das Prickeln des Schaumweins in ihrer Nase und erkannte die hoteleigene Limousine, die vor dem Haus ankam. Es entstieg: der schmucke Page. Und wenig später: die junge Frau, die sich bei ihm unterhakte und sich – in offensichtlich nicht mehr ganz nüchternem Zustand – ins Hotel bringen ließ. Für einen Moment hielt die alte Dame die Luft an. Dann schüttelte sie amüsiert den Kopf und flüsterte: »Wer immer Sie sind, Sie sind jedenfalls wirklich mutig, Mademoiselle.« Denn eines war die junge Frau nicht: Odile Tourée.

Broadford Bazaar

Ein Hotel ist bekanntlich weit mehr als das Gebäude, in dem es residiert, die Ausstattung, die es bietet, oder die Geschichte, auf die es zurückblickt. Vor allem sind es die Mitarbeiterinnen und Mitarbeiter, die ein Hotel zu dem machen, was es ist: ein Ort der Gastlichkeit, idealerweise sogar ein Ort, an dem Träume wahr werden. So gesehen, kann man den Beginn unserer Geschichte auch auf den 22. Dezember datieren. Denn erst an diesem Tag ist das 24 Charming Street – zumindest in den Augen vieler Stammgäste – das, was man sich erwartet hatte. Denn an diesem Tag erschien Richard wieder zum Dienst, der für kurze Zeit absent gewesen war, um seine hochbetagte Tante zu Grabe zu tragen und den Hinterbliebenen ein wenig Trost zu spenden. Richard aber (von manchen auch liebe- und respektvoll »Sir Richard« genannt, allerdings nur, wenn er nicht anwesend war) bedeutete für das Hotel nicht weniger als das, was man gemeinhin mit Ausdrücken wie »das Tüpfelchen auf dem i«, »den Clou« oder »das Sahnehäubchen« bezeichnete oder, um es weniger prosaisch auszudrücken: die Seele des Hauses.

»Ich nehme an, alles hat während meiner Abwesenheit seinen gewohnten Gang genommen, Henry?«, fragte

Richard, während er das Buch mit der Gästeliste zur Hand nahm.

»Selbstverständlich, Mr Atkins«, erwiderte der zweite Portier, der den legendären Chef-Concierge während der Tage seiner Abwesenheit vertreten hatte. »Das Haus ist voll, es gibt aktuell keinerlei Reklamationen. Wir konnten sogar noch eine spontan angereiste Dame in Zimmer Nummer 2 unterbringen.« Er deutete auf den Namen.

»Martine Bonnechance«, las Richard halblaut. Henry bemerkte wohl, dass die legendäre Augenbraue des nicht minder legendären Portiers ein wenig in die Höhe wanderte. »Was für ein bemerkenswerter Name. Good luck! Interessant. Mit der Anreise unseres Ehrengasts hat auch alles geklappt?«

»Selbstverständlich, Sir. Ms Tourée ist mit sehr leichtem Gepäck angereist, die Weihnachtssuite war perfekt vorbereitet – Sie kennen ja Margret ...« Damit meinte er die Teamleiterin des Housekeeping.

»Und wie ist sie so?«

Eine Frage, die man von Richard eigentlich nicht erwarten durfte. Denn wenn man über den Chefportier des 24 Charming Street eines sagen kann, dann ist es, dass er von so hochkorrekter Haltung und so makelloser Diskretion ist, dass selbst ein Clochard oder eine entlaufene Strafgefangene im 24 CS sich von ihm wie eine untadelige Respektsperson behandelt fühlen durfte. Und würde. Oder wie er selbst es stets auszudrücken pflegte: wie eine Fürstin.

»Nun, ähm ...«, stotterte denn Henry auch, für einen Moment verwirrt. »Sie ist ... unkonventionell?«

»Das hatte ich in der Tat angenommen.«

»Eine ... ähm ... interessante Erscheinung?«

Ein Lächeln umspielte Richards Mundwinkel, und Henry hätte in dem Augenblick schwören können, sein Vorgesetzter kannte den diesjährigen Weihnachtsgast. »Vielleicht ... hm ... Mitte, Ende zwanzig?«

Ein überraschtes Aufmerken des Chef-Concierge. »Ich meinte unseren Ehrengast«, erklärte er.

»O ja, Sir. Absolut. Miss Tourée.«

»Verstehe«, murmelte Richard, obwohl er keineswegs so aussah.

Das perfekteste Hotelzimmer mit der schönsten Aussicht und den exquisitesten Details kann ein Horror sein, wenn man mit einem Kopf aufwacht, der sich wie ein Kürbis anfühlt – nachdem ein Trecker darübergefahren ist. In diesem Zustand also begann Kate den Tag, während draußen der Wind noch einiges an Stärke zugenommen hatte und inzwischen heftig an den antiken Fensterscheiben rüttelte. »O Gott«, stöhnte sie und warf sich im Bett herum. Was keine gute Idee war, weil es den Kürbis in Bewegung versetzte.

Man sagt, wenn man am Vorabend getrunken hat, sollte man am nächsten Tag – in geringerer Menge – mit dem Getränk beginnen, mit dem man zuletzt aufgehört hatte. Im Falle von GlenParrish ist das nicht zwingend empfehlenswert. So viel zumindest vermochte auch Kate in ihrem fragilen Zustand zu erkennen. Weshalb sie sich für eine Flasche Perrier entschied, die man ihr auf die Suite gebracht hatte – und für eine zweite hinterher. Sowie für eine ausgiebige Dusche, die aus ihr wieder einen Menschen machte und ihre Laune eindeutig hob – zumal die Akustik im Badezimmer sensationell war. Sie hatte zwei Songs von Adele geröhrt, definitiv besser als das Original. Dabei bewunderte sie die Sängerin.

Als sie zurück ins Schlafzimmer trat, atmete sie tief durch und beschloss, sich auf das Frühstück zu freuen. Etwas in den Magen, dazu ein kräftiger Tee, das wäre jetzt das Richtige. Und dann … Sie hielt inne. Ja, und dann würde sie besser das Weite suchen! Sie blickte sich um, betrachtete all die Blümchendekors und die ganze Weihnachtsdeko, lachte (auch keine gute Idee), schüttelte den Kopf (erst recht nicht) und sank dann auf das Bett zurück, von dem sie sich eingestehen musste, dass es wirklich geradezu hypnotisierend gemütlich war. Auch wenn sie nach wie vor fassungslos war, wie übertrieben idyllisch hier jeder kleinste Winkel gestaltet war, dieses Bett hätte sie am liebsten mit nach Hause genommen. Allerdings hätte ihr Zuhause eher in das Bett gepasst, als das Bett in ihr Zuhause.

Automatisch griff sie nach ihrem Smartphone auf dem Nachttisch erinnerte sich, dass man sich hier ja noch im letzten Jahrhundert befand, wenn nicht im vorletzten, fragte sich, was das für Leute waren, die an einem solchen Ort ihren Urlaub verbrachten, wo – jetzt fiel ihr alles wieder ein, und sie musste kichern, freilich ohne es zu wollen – der coolste Club ein Pub war, in dem ein Dudelsackspieler und eine Heulboje als Duett auftraten.

Was für ein Glück, dass der Page sie da rausgeholt hatte. Nick, fiel ihr ein, ja, so hieß er. Süßer Typ eigentlich. Aber natürlich genauso hoffnungslos verzuckert wie der ganze Laden, in dem er arbeitete. Sie fragte sich, ob diese Menschen eigentlich wussten, wie weltfremd sie waren. Irgendwie total aus der Zeit gefallen mit ihren Uniformen und ihren Umgangsformen ...

Am Vorabend, als sie außer Haus gewesen war, waren all die Nachrichten auf ihrem Handy eingegangen, die ihr John – und zwar allein John – geschickt hatte. Sie las einzig die Textnachrichten, und auch die nur mit halber Aufmerksamkeit, denn es war ja klar, was er von ihr wollte: *Verdammt, wo bist du?*, lautete eine. *Fuck! Melde dich!*, eine andere. *Hier ist die Kacke am Dampfen*, eine dritte und so weiter. Mehr wollte sie lieber gar nicht wissen. Und das hätte sie auch ohne Johns Mitteilungen gewusst.

Nachdem sie wieder einigermaßen hergestellt war, ging sie noch mal ins Badezimmer und wusch rasch Slip und Socken mit etwas Shampoo, um beides über den geheizten Handtuchhalter zum Trocknen zu hängen. Dann fiel ihr wieder ein, was die alte Lady gesagt hatte: Alles frei! Sie griff zum Telefon und wählte »3« für den Room Service.

»Einen starken Kaffee? Gerne, Ma'am«, erklärte die Stimme am anderen Ende der Leitung.

»Am besten eine Kanne.«

»Gerne, Ma'am.«

Das Gewünschte war keine fünf Minuten später geliefert.

Im Fernsehen lief eine Romanze vor der Kulisse von Stockholm, eine Gameshow namens *Blame Me!*, eine Kochsendung über schottische Spezialitäten, eine Kochsendung über deutsche Spezialitäten, eine über japanische Messer ... Verzweifelt zappte Kate weiter. Ein Fernsehfilm über eine kalabrische Töpferin und ihre vier Labradore. Eine Berg-Doku. News: »*... wird weiterhin unter Hochdruck nach dem verschwundenen Collier der Herzogin von Kent gefahndet.*« Elektrisiert setzte sich Kate auf und verschüttete beinahe keinen Kaffee auf dem Bett. »*Dass es ausgerechnet bei einer Charity-Veranstaltung entwendet wurde, trifft die Familie besonders tief. Meine Mutter und meine Großmutter haben dieses wundervolle Stück schon getragen. Großmutter hat es sogar vor dem Untergang mit der* Titanic *bewahrt!*«, hörte man eine erschütterte Dame aus besten Kreisen ins Mikrofon klagen. »*Wir waren stolz darauf, es zugunsten der Ärmsten in unserer Gesellschaft versteigern zu lassen. Und nun das.*«

Betroffen knipste Karte den Fernseher aus und beschloss, nun doch endlich in den Frühstücksraum zu gehen. Es war Zeit, die Segel zu streichen. Dieses allerliebste Hotelchen am Ende der Welt würde ganz gut ohne sie zurechtkommen. Nun, im Grunde sogar besser.

Der Slip war trocken, für die Socken half der Fön. Drei Minuten später war sie unten – und wurde ausgerechnet von Nick empfangen, der an diesem Tag die Gäste begrüßte. »Müssen Sie echt schon wieder arbeiten?«

»So sind die Regeln, Mademoiselle, bonjour. Vous avez bien dormi?« Vermutlich nützte es nichts, dass sie ihm gestern Abend erlaubt hatte, sie mit Vornamen anzusprechen. Machte aber auch nichts. Denn »Odile« klang nun wirklich, als wäre sie hundert. Außerdem war sie sich nicht sicher, was genau sie ihm im Pub und auf dem Rückweg alles erzählt hatte – und was sie ihm womöglich angeboten hatte …

»Wohin darf ich mich setzen?«, fragte sie und achtete nicht weiter auf seine Frage.

»Zum Frühstück immer freie Tischwahl, Mademoiselle«, erklärte Nick, der sich jedenfalls nichts anmerken ließ (falls es etwas gab, was er sich hätte anmerken lassen können). »Aber wenn ich eine Empfehlung aussprechen darf: Dort drüben …« Er deutete auf einen unscheinbaren Tisch am Fenster. »… können Sie sehr schön die Boote beobachten, die auf der Route Portree-Gairloch oder natürlich nach Uig fahren.«

»Hm. Natürlich. Klingt aufregend«, erwiderte Kate und schlenderte hinüber, scheinbar ohne die alte Lady zu bemerken, die neben sie an den Empfang getreten war.

»Bemühen Sie sich nicht, junger Mann«, erklärte Martine Bonnechance. »Sie spricht kein Französisch.«

Zu den herausragenden Talenten eines vollendeten Concierge gehört es nicht nur, jederzeit zur Stelle zu sein, wenn man gebraucht wird, sondern – vielleicht sogar noch mehr! – unsichtbar zu bleiben, wenn es die Gebote der Diskretion erfordern. So eindrucksvoll die stets tadellose Erscheinung Richards wirkte, wenn man ihm gegenüberstand, so gekonnt vermochte er es, sich im Hintergrund zu halten, und zwar auf eine Weise, die ihn geradezu mit der Umgebung verschmelzen zu lassen schien.

Hätte es einen heimlichen Beobachter gegeben, der diesen eleganten älteren Herrn dabei beobachtet hätte, wie er seinerseits die Szene am Empfang des Frühstücksraums beobachtete, er hätte ein überraschtes, ein erstauntes, vielleicht auch ein wissendes Lächeln entdeckt. Er hätte vielleicht sogar bemerkt, wie der Portier, der doch schon so vieles erlebt hat, für einen kurzen Moment die Luft anhielt. Und vielleicht hätte er gar den Hauch einer mutwilligen Miene auf seinen Zügen zu erkennen gemeint. Nun, all diese Reaktionen werden noch zu erforschen sein.

Okay, das Frühstück konnte sich sehen lassen. Das konnte es wahrlich mit dem Brunch im Tobey's aufnehmen, wo Kate sich die Abende und die Wochenenden um die Ohren schlug, wenn sie nicht einen Gig irgendwo hatte und sich von Auma vertreten ließ. Während sie tatsächlich den vorbeifahrenden Schiffen zusah, die auf rauer See schwankten, hatte sie sich reichlich bedient mit Speck und Spiegeleiern, Würstchen (glatt noch besser als bei Tobey's; sie hatten da irgendein geiles Gewürz drin), Pudding, Pie und literweise Tee, der sich nun allerdings langsam bemerkbar machte.

Satt und zufrieden machte sie sich auf den Weg zu ihrer Suite. Doch schon an der Bar wurde sie aufgehalten.

»Miss Tourée?«

Die Barfrau. Kate hätte es beinahe überhört. »Ja?«

»Dürfte ich Sie um Ihre Meinung bitten?«

»Meinung?«

»Zu meiner neuen Kreation.« Kiharu winkte mit dem Shaker, den sie in der Hand hielt. »Ich hatte den Eindruck, Sie wären vielleicht … vom Fach?«

»Also Bartenderin bin ich nicht«, erwiderte Kate. »Ich arbeite nur in einer Bar.«

»Ich nenne ihn Kissmas Tea.«

»Kissmas Tea!« Kate lachte. »Also für den Namen haben Sie jedenfalls schon mal ein paar Punkte gut.« Neugierig trat sie näher und sah Kiharu dabei zu, wie diese die grün schillernde Flüssigkeit aus dem Mixer in ein geeistes Glas schüttete und einen Schuss einer tiefroten Flüssigkeit dazugab. »Granatapfelsirup«, erklärte sie. »Das Eis ist mit etwas Limettensaft und Ingwer aromatisiert. Basis ist eine Essenz feinsten grünen Tees mit etwas Absinth.«

Neugierig nahm Kate das ihr angebotene Glas und nippte daran. Nippte nochmals daran und nickte dann der Barfrau zu. »Geiles Zeug«, sagte sie.

»Danke, Miss … Tourée.« Sie sagte es so, dass Kate aufmerkte. Hatten sie was gemerkt? War ihr jemand hinter die kleine Schwindelei gekommen?

»Das würde ich aber auch gerne probieren«, sagte eine Stimme neben Kate, die sich nicht die Mühe machte, so zu tun, als müsste sie nicht die Augen verdrehen. »Guten Morgen übrigens, meine Liebe«, sagte die alte Dame, an sie gewandt.

»Ja«, erwiderte Kate, die ein Gespräch gerne vermieden hätte.

»Ein Kissmas Tea, Madame«, sagte Kiharu und stellte ein zweites Glas auf den Tresen.

»Merci«, erwiderte die Lady, die sich Martine Bonnechance nannte. Sie drehte sich zu Kate und erklärte: »Auf das 24 Charming Street und all seine Überraschungen!«, dann stieß sie mit Kate an, ohne darauf zu achten, dass diese keineswegs mit ihr anstieß.

Es wurde dann ganz entgegen den Erwartungen der jungen Frau aus Glasgow ein netter Plausch dreier sehr unterschiedlicher Menschen, die die Unvorhersehbarkeiten des Lebens an diesem so eigentümlichen Ort zusammengeführt hatten. Und mehr als einmal ertappte Kate sich dabei, über einen Scherz der alten Lady zu lachen, die einen durchaus etwas bösen Humor hatte. Davon abgesehen, war der zweite Kissmas Tea mindestens so köstlich wie der erste. Vom dritten ganz zu schweigen. Doch auf einmal hielt sich Madame Bonnechance an der Theke fest. »Oh«, sagte sie leise. »Ich fürchte … ich habe mich etwas überschätzt.« Sie blickte betroffen zu Kate. »Ob Sie so liebenswürdig wären, mir zu helfen, damit ich auf mein Zimmer komme?«

»Ich rufe einen Pagen!«, schlug Kiharu vor und wollte sogleich zur Hand gehen und die alte Dame stützen. Doch die hob die Hand und bestimmte: »Nein, nein, vielen Dank. Meine liebenswürdige Freundin hier ist mir Hilfe genug.« Obwohl die eigentlich gar keine Hilfe angeboten hatte. Und dann hakte sie sich bei Kate unter, als hätte sie Angst, diese könnte ihr entwischen. Eine nicht ganz von der Hand zu weisende Befürchtung, wie wir annehmen dürfen.

Der Weg zu Zimmer Nummer 2 war nicht weit. Nur einen Treppenabsatz hoch ins Zwischengeschoss, dort die zweite Türe linker Hand. »Da sind wir schon, meine Liebe. Sie sind zu gütig, dass Sie einer alten Frau noch ein wenig Gesellschaft leisten«, erklärte Martine Bonnechance.

»Also, eigentlich …«

»Keine falsche Bescheidenheit!«, mahnte Madame. Mit einer resoluten und überraschend kräftigen Bewegung bugsierte die nur scheinbar zierliche alte Dame ihre Begleiterin über die Schwelle und in den Fauteuil, der gleich neben der Tür stand und etwa die Hälfte des kleinen Raums ausfüllte, wenn man von dem hübsch gemachten, im Vergleich zur Weihnachtssuite aber geradezu miniaturhaften Bett absah. »Nun erzählen Sie mal!« Auf einmal schien ihr Schwächeanfall wie vom schottischen Sturm weggerissen. »Wo in Paris leben Sie denn … Miss Tourée?«

»Ich … also. Ach, ich lebe schon lange nicht mehr in Paris«, erwiderte Kate und stand auf. Leider hatte sich ihre Gastgeberin vor der Tür platziert, sodass eine spontane Flucht unmöglich war.

»Et vous n'avez pas le mal du pays?«

»Sorry?«

»Sie haben kein Heimweh?«

»Ach. Ich bin mal hier, mal da«, wand Kate sich und überlegte, wie sie die alte Hexe von der Tür weglocken könnte. »Darf ich mal Ihre Aussicht bewundern?«

»Aber gerne, meine Liebe!« Madame Bonnechance wies aufs Fenster, machte aber keine Anstalten, auch nur einen Schritt zur Seite zu tun.

Seufzend stand Kate auf und blickte hinaus. Der Oldtimer, mit dem man hier die Gäste herumkutschierte, stand vor dem Haus. »Oh!«, rief sie, einer plötzlichen Eingebung folgend. »Der Wagen wartet ja schon! Ich habe ganz die Zeit vergessen.« Sie deutete auf den Vauxhall. »Tut mir leid, ich muss los.«

»Aber natürlich, Odile. Ich darf Sie doch Odile nennen?«

»Ähm … sicher. Madame …«

»Bonnechance.«

»Madame Bonnechance.«

»Dann viel Glück noch!«, sagte die alte Dame mit geheimnisvollem Lächeln, bonne chance, ehe sie die Tür endlich freigab – und damit die junge Frau, die es überraschend eilig hatte. Oder auch nicht so überraschend.

»Nicholas?«

»Mr Atkins! Was kann ich für Sie tun?«

Richard gab dem Pagen ein Zeichen, zu ihm hinter den Empfang zu kommen. »Sie sind doch gut bekannt mit unserem Weihnachtsgast, Nick.«

»Na ja, gut bekannt ...« Worauf wollte der Portier hinaus?

»Fragen Sie mich nicht, wie ich darauf komme«, erklärte Richard und schenkte dem jungen Mann sein väterlichstes Lächeln. Er hatte ein feines Gespür für die Befindlichkeiten seiner Mitmenschen. »Aber ich denke, Ms Tourée ist nicht die, die sie zu sein vorgibt.«

»Nicht?« Man war natürlich viel gewöhnt von Gästen, die in Grandhotels abstiegen, womöglich sogar so etwas wie ein Inkognito. Es waren nun einmal bekanntlich allerlei Exzentriker darunter. Und wenn man es genau bedachte, dann war auch Ms Tourée (oder wer immer sie war) auf eine Weise exzentrisch. Wenn man es allerdings noch genauer bedachte, war sie niemand, der sonst in einem Grandhotel abstieg. Aber als Weihnachtsehrengast konnte das durchaus vorkommen. »Wer ist sie denn dann?«

»Das genau würde ich Sie gerne bitten herauszufinden, Nick.«

»Aber ...«, erwiderte der Page. »Aber wir ... wir mischen uns doch nicht in die Privatangelegenheiten unserer Gäste ein?«

»Das würde ich nie tun, Nick, Sie kennen mich. Aber Sie werden mir zustimmen, dass man nur einen Gast vorzüglich beherbergen kann, den man auch kennt?«

»Da ist sicher was dran ...«, gab Nick zu. So hatte er es noch nie bedacht. Aber man lernte ja dazu. Jeden Tag. Und wenn man mit dem Chefportier sprach, ohnehin. »Und was denken Sie, könnte ich tun?«

Richard hob in einer ratlosen Geste die Hände. »Ihrer

Fantasie sind da keine Grenzen gesetzt, Nicholas. Also, außer natürlich die selbstverständlichen und allgemeingültigen.«

Und da sie selbstverständlich und allgemeingültig waren, verbat es sich, sicherheitshalber noch einmal nachzufragen – was Nick im Lichte der nachfolgenden Ereignisse betrachtet wohl besser getan hätte.

Nicht nur sah die Weihnachtssuite nach dem kurzen Aufenthalt in der beengten Unterkunft der alten Dame noch um ein Vielfaches größer und prächtiger aus als ohnehin schon. Kate hatte auch ein schlechtes Gewissen, dass sie solchen unverhofften Luxus genießen durfte, während die Lady vergleichsweise bescheiden untergebracht war – und dafür auch noch bezahlte! Gewiss, Madame waren nicht arm, das sah man schon an ihrer Garderobe (auch wenn sie sicherlich nicht der neueste Chic war, sondern vielleicht ein wenig überholt). Mit dieser neuen Perspektive musste sich die junge Frau aus Glasgow doch eingestehen, dass diese Unterkunft und überhaupt: dieses Haus einen gewissen Reiz ausübte, sogar auf sie. Die Weichheit der Kissen, der Handtücher, des Bademantels … Die Ausstattung der Minibar … Die kleinen Aufmerksamkeiten … Und der ziemlich abgefahrene Blick auf das Sturmpanorama im Sound of Raasay. Vermutlich hätte man sich daran gewöhnen können, in einer solchen Suite zu wohnen. Auch wenn sie, wenn sie ehrlich zu sich selbst war, sich in einer kleinen Kammer vermutlich fast wohler fühlen würde als in dieser grandiosen Suite – allerdings nur, wenn sie Handyempfang hätte.

Egal, so oder so musste sie abhauen. Sie packte die hübschen Shampoo-Fläschchen ein und die Bodylotion, den Conditioner, die Seifen (Scottish Lavender) und natürlich die kostbaren Fläschen aus der Minibar. Sie war gerade dabei, den Safe zu öffnen, da klopfte es.

»Ja, bitte?« Jetzt hatten sie sie am Wickel.

»Ähm, hallo«, hörte sie von draußen eine Stimme. »Hier ist Nick.«

Zögernd öffnete sie die Tür. »Ja?« Sie schickten den Pagen. Clever. »Was gibt es?«

»Oh, ich, äh ... Also ich wollte fragen ... Ich meine, wegen neulich ... Also abends. Sie wissen schon.«

Wenn sie ehrlich war, wusste sie nicht. Jedenfalls nicht, worauf er hinauswollte. Aber wäre er im Auftrag der Hotelleitung hier gewesen, hätte er nicht ausgerechnet so angefangen.

»Hm«, sagte sie.

»Genau«, sagte Nick, der damit nicht wirklich mehr zur Aufklärung der Situation beitrug. »Gut«, stellte er deshalb fest und konzentrierte sich. »Es geht um An t-Àth Leathann.«

»Um was?«

»Um An t-Àth Leathann. Das heißt, eigentlich geht es um Broadford Bazaar.«

»Jethro Tull?« Hatte sie schon mal gehört. In Sachen Musik kannte sie sich aus. Und Jethro Tull mochten zwar verdammt retro sein, sie waren aber auch verdammt gut. Immer gewesen.

»Jethro Tull?« Klang, als hätte er keine Ahnung. »Also, Broadford ist eine Stadt. Auf Skye. Eigentlich heißt sie An t-Àth Leathann. Die haben da heute Abend den Broadford Bazaar.«

»Und der ist noch mal was genau?«

»Die coolste Weihnachtsfeier der Insel«, erklärte Nick, offenbar erleichtert, dass es endlich raus war.

»Und das erzählen Sie mir, weil …«

»Weil ich dachte, Sie hätten vielleicht Lust, mit mir dorthin zu gehen.«

Kate lächelte ihn amüsiert an. »Echt? Süß. Aber wenn ich ehrlich bin, reicht mir der Club in Portree, wie hieß er? Hank's Up? Eigentlich reicht mir der. Ich habe jetzt noch einen Puls wie ein Zwerghamster.«

Nick lachte. »Guter Vergleich«, sagte er. Waren seine Ohren rot? Echt jetzt? »Aber der Broadford Bazaar ist ganz anders. Da geht richtig die Post ab.«

»Wow«, erwiderte Kate. »Klingt beeindruckend.«

Er nahm seine Kappe ab und wischte sich über die Stirn. Ja, seine Ohren waren wirklich ein bisschen rot! »Schon klar, dass Sie mir nicht glauben«, erklärte er. »Aber ich würde Sie gerne einladen. Also, wenn Sie nichts anderes vorhaben.«

Das war natürlich völlig ausgeschlossen. Daran brauchte er nicht mal zu denken. Noch eine Nacht auf der Insel? Wahrscheinlich würde er sie auch noch im Oldtimer hin kutschieren. Ein Witz. Völlig unmöglich. »Okay«, hörte sie sich sagen, ohrfeigte sich innerlich, fand dann, dass es aber eigentlich sowieso vollkommen egal war, und wiederholte deshalb lachend: »Okay.«

»Großartig! Ich hole Sie ab. Nach dem Dinner?«
»Nach dem Dinner.«

Und so kam es, dass »Odile Tourée« doch noch nicht abreiste, sondern entgegen ihrer Absicht und entgegen jeder Wahrscheinlichkeit noch länger Gast im 24 Charming Street war, was ihr immerhin eine weitere Nacht in den Kissen dieses göttlichen Bettes bescherte – sowie in den Armen eines überraschend feurigen und fantasievollen Liebhabers, der … Aber greifen wir nicht vor.

Who is who?

Der Tag vor Christmas Eve war im 24 Charming Street geprägt von außergewöhnlicher Betriebsamkeit, auch wenn man sich natürlich darum bemühte, die Gäste so wenig wie möglich davon mitbekommen zu lassen. Soweit es Küche oder Bar betraf, fanden all die vielfältigen Arbeiten ohnehin im Verborgenen statt. Was die Vorbereitungen des wie jedes Jahr am 24. Dezember vorgesehenen kleinen Empfangs in der Hotelhalle anging, so gab es im Keller mehrere Räume, die diesen Aufgaben gewidmet waren und in denen reges Kommen und Gehen herrschte. Als »Lagezentrum« (wobei niemand jemals auf den Gedanken gekommen wäre, es so zu nennen) diente an diesem Tag die Bibliothek, wo alle Informationen zusammenliefen und alle wesentlichen Weisungen erteilt wurden. Kopf dieses Headquarters war, wie unschwer zu erraten ist, Richard als der Erfahrenste unter den Hotelbediensteten und als der gute Geist des Hauses.

Als Nick die seitlich des Empfangs gelegene Bibliothek betrat, fand er deshalb nicht nur den Chefportier vor, sondern auch noch Euna, die seit einiger Zeit das Restaurant leitete, Olga, die sich um den Bereich »Kleine Aufmerksamkeiten« zu kümmern hatte, und Kiharu, die mit Richard beratschlagte, in welcher Abfolge welche Getränke angeboten werden sollten.

»Sorry, wenn ich störe«, sagte der Page leise.

»Oh, Nicholas! Kommen Sie nur herein, ich habe Sie schon erwartet.« Der Portier musterte seinen jungen Mitarbeiter mit einer Mischung aus Neugier und Menschenkenntnis. Natürlich erkannte er sofort, dass der Page übernächtigt war und auch ein wenig erschüttert.

»Dann bleiben wir beim Champagner zum Auftakt?«

»Gerne, Kiharu. Niemand kann es eleganter komponieren als Sie. Ich verlasse mich da ganz auf Ihre Expertise. Hauptsache, Sie besprechen sich noch einmal mit Francis.«

Die Barfrau seufzte.

»Ich weiß«, erwiderte Richard lächelnd. »Aber man muss zugestehen, dass niemand im Hotel an diesem Tag mehr Arbeit hat als er.«

Kiharu nickte. »Vermutlich niemand im ganzen Königreich. Danke, Mr Atkins.« Sie zwinkerte Nick zu, als sie an ihm vorbei nach draußen ging. Und er hätte gerne zurückgezwinkert, hätte er nicht befürchtet, so etwas könne missverständlich sein. Außerdem lagen eben doch ein paar Jahre zwischen ihnen.

»Guten Morgen, Sir.«

»Guten Morgen! Ich sehe, dass Ihre Mission erfolgreich war, Nicholas.«

»Sie sehen das, Sir?« Nick blickte betreten zu Boden. »Also ...« Er sah wieder auf. »Woher wussten Sie das, Sir?«

»Dass sie nicht die ist, für die sie sich ausgibt?«

»Sie ist es wirklich nicht.«

»Gewiss«, sagte der Portier mit feinem Lächeln.

»Aber wie haben Sie das nur herausgefunden?«

»Dazu gehören keine hellseherischen Fähigkeiten, Nicholas. Wären Sie in meinem Alter, hätten Sie das auch gewusst.«

Wie so oft sprach der Mann, den Nick mehr als alle anderen als Vorbild betrachtete, ja, wenn wir es ganz nüchtern betrachten: bewunderte, in Rätseln. Und wie so oft fragte Nick sich, ob er nachfragen sollte, oder ob die Erleuchtung womöglich ganz von allein käme. Früher oder später. Denn einst, so viel war ihm klar, musste auch Richard Atkins ein junger Mann wie er selbst gewesen sein, der Unsicherheit kannte, der sich im Gestrüpp von Anweisungen, Anforderungen und Aufgaben verheddert – und gelegentlich an einen Punkt gelangte, der sich mit den Regeln des Berufsstands nicht wirklich gut vertrug. »Unser Weihnachtsgast heißt in Wirklichkeit nicht Odile Tourée«, erklärte er, »sondern …«

Richard hob die Hand. »Danke, Nicholas!«, warf er ein. »Sagen Sie es mir nicht. Es ist gut, wenn Sie es wissen. Falls ich es wissen muss, weiß ich, wo ich es erfahre.«

»Wenn Sie meinen, Sir …«, erwiderte Nick und versuchte, aus der Miene des Portiers mehr zu lesen – erfolglos, wie sich unschwer erraten lässt.

»Ich hoffe, Sie haben sich an unsere Regeln gehalten, Nicholas.«

»Das hoffe ich auch, Sir.«

Der Broadford Bazaar war wirklich etwas ganz anderes gewesen als der armselige Pub in Portree. Nick hatte Kate nicht mit dem Oldtimer abgeholt, sondern mit einem Motorroller – vermutlich seinem eigenen. Das war etwas bizarr gewesen, denn der eisige Westwind hatte sie mehrmals beinahe über die Klippe geweht, zumindest nach Kates Empfinden. Dass Nick jedes Mal gejuchzt hatte, hatte es nicht besser gemacht. Obwohl es schon geil gewesen war, irgendwie. Der Bazaar hatte in einer alten Fischmarkthalle stattgefunden, was für Kate olfaktorisch nach dem zweiten Bier keine Rolle mehr spielte. Der DJ hätte auch in Glasgow jeden Club gerockt – und das wollte was heißen. Und Nick ... Kate musste grinsen, obwohl sie noch nicht mal richtig wach war. Der Typ hatte echt Musik im Blut. Gut, zu Beginn hatte er vielleicht noch etwas hölzern getanzt. Aber nach kurzer Zeit war er abgegangen, dass selbst Kate erstaunt war, und die hatte einiges an Erfahrung. Es hatte da diesen Moment gegeben, in dem sie drauf und dran gewesen war, ihn zu küssen. Und später den, in dem sie ihn beinahe gefragt hätte, ob er noch mitkommen möchte. War aber nicht geschehen. Sie würde sich jetzt sicher nicht in ein sympathisches Landei vom Ende der Welt verknallen. Obwohl es schon irgendwie süß gewesen wäre ...

Ein Klopfen riss sie aus ihren Gedanken. Als sie durch den Türspalt lugte, stand davor die alte Lady. »Guten Morgen, meine Liebe!«, grüßte sie, als hätte das Frühstück sie unter Starkstrom gesetzt. »Ich dachte, Sie hätten vielleicht Lust, mich auf einem kleinen Spaziergang zu begleiten.«

»Hm. Hören Sie, Martine«, erwiderte Kate. »Das ist echt nett. Aber ich bin gerade erst aufgewacht und …«

»Ich würde so gerne ein wenig die Insel erwandern. Aber alleine traue ich mir das nicht so recht zu.« Die alte Frau zwinkerte gutmütig, vielleicht aber auch ein klein wenig listig. »Und wenn ich ehrlich bin, sehen Sie aus, als könnte Ihnen ein bisschen frische Luft ebenfalls ganz guttun.«

Keiner hatte sie aufgefordert, ehrlich zu sein, und wie sie aussah, konnte sich Kate ziemlich gut vorstellen. Nach einer Nacht im Club. Andererseits würde ihr ein bisschen Wind um die blasse Nase vielleicht wirklich nicht schaden. »Wissen Sie was? Einverstanden. Warten Sie in der Halle auf mich. Ich mache mich nur etwas frisch, dann begleite ich Sie.«

Es stellte sich schnell heraus, dass die alte Dame weitaus besser zu Fuß unterwegs war als Kate. Kaum hatten sie die Auffahrt des 24 Charming Street hinter sich gelassen, schritt sie stramm aus und legte ordentlich Tempo vor. So ordentlich, dass die junge Frau aus Glasgow sich bald verfluchte, dass sie sich zu diesem »Spaziergang« hatte überreden lassen. »Hören Sie … Martine«, keuchte sie. »Können wir ein bisschen langsamer gehen? Ich … ich habe wenig geschlafen letzte Nacht. Und ich … ich habe einen ziemlichen Muskelkater.«

»Aber natürlich, meine Liebe!«, rief Martine Bonnechance. »Sie haben ja so recht. Ich sollte es auch etwas behutsamer angehen lassen.«

Was sie jedoch nicht tat. Stattdessen deutete sie mal hierhin, mal dorthin, weil sie irgendwo eine bestimmte

Möwenart zu erkennen glaubte und anderswo die Ruine eines bedeutenden Schlosses. Dann wieder klatschte sie begeistert in die Hände, weil der Sturm sie mit einer heftigen Böe beinahe umgerissen hätte …

Irgendwann war Kate so erschöpft, dass sie verzweifelt stehen blieb: »Martine? Ich fürchte, ich kann nicht mehr«, erklärte sie.

»Oh! Dann müssen wir uns irgendwo hinsetzen.«

Kate fürchtete schon, die alte Hexe könnte sich einen Findling aussuchen, den sie dann gemeinsam mit ihren Allerwertesten wärmen sollten. Doch stattdessen tauchten wie bestellt ein paar dieser typischen bunten Häuser hinter der nächsten Biegung auf – und eines davon präsentierte stolz auf einem Schild seinen Namen: »Flodigarry Boatsmen«. Ein Pub! Selten hatte sich Kate so über eine Dorfkneipe gefreut. Eigentlich noch nie. Aber diese verhieß nur das Beste: Wärme, was zu Essen und einen Stuhl!

»Ja!«, rief sie. »Da sollten wir reingehen!«

Die alte Dame studierte die Karte, die neben der Tür ausgehängt war. »Sowans«, murmelte sie mit skeptischem Blick. »Powsowdie. Hm. Stovies …«

»Ich liebe Stovies«, erklärte Kate und öffnete die Tür. »Kommen Sie schon.«

Wenn man Jahrzehnte am Empfang eines Grandhotels verbracht hat, hat man längst einen Blick dafür entwickelt, wer das Haus als Gast zu betreten beabsichtigte und wer aus ganz anderen Gründen hereinkam – insbesondere wenn es sich um unerfreuliche Gründe handelte. Einen solchen Blick brauchte Richard im Falle von Walter und Ian jedoch nicht. Denn dass die beiden Männer, die die Polizei der Inselhauptstadt Portree bildeten, nicht vorhatten, im 24 CS einzuchecken, lag auf der Hand.

»Ian!«, grüßte der Portier den älteren der beiden und nickte dann zum anderen hin. »Walter! Einen wunderschönen Tag euch beiden! Was führt euch ins Charming Street?«

Ian Fleming, der nur zufällig wie der berühmte Schöpfer des Geheimagenten im Auftrag Ihrer Majestät hieß und abgesehen von der Schuhgröße übrigens absolut nichts mit ihm (dem Agenten, nicht seinem Schöpfer) gemein hatte, erwiderte: »Guten Morgen, Richard. Seltsame Sache, das.«

»Seltsame Sache«, bestätigte Walter und wiegte den Kopf.

»Aha?« Richard versuchte es mit einem aufmunternden Lächeln.

»Also, die Kollegen aus Glasgow suchen jemanden, der möglicherweise auf der Insel ist.«

»Auf Skye?«

»Aye. Junge Frau. Die Frage ist, ob sie zufällig bei euch abgestiegen ist.«

»Ihr meint, als Gast?« Richard musterte die zwei Männer. Er kannte sie schon so lange. Und doch staunte er immer wieder, wie es ausgerechnet diese beiden zu Polizisten hatten bringen können. »Ausgeschlossen. Wir kennen alle unsere Gäste. Um diese Jahreszeit sowieso. Über die Weihnachtstage kommen ja traditionell praktisch nur Stammgäste ins 24 CS. Lediglich eine ältere Dame ist spontan angereist.«

»Älter?«

»Nun, ich würde mir nie erlauben, über das Alter einer Dame zu spekulieren«, stellte Richard fest. »Aber wenn man sie umgekehrt nach meinem Alter fragen würde, wäre ich nicht überrascht, wenn sie etwas sagen würde wie *Er ist etwa in meinem Alter*.«

Es dauerte ein wenig, bis diese Erläuterung ihren Weg durch die Gehirnwindungen der Polizisten gefunden zu haben schien.

»Verstehe. Klar«, erklärte Ian schließlich und hüstelte. Er ließ seinen Blick über die Dekoration schweifen, als sähe er dergleichen zum ersten Mal. »Wäre auch ziemlich überraschend, wenn irgendeine Kleinkriminelle hier absteigen würde, was?«

»In der Tat, Ian. Das wäre es. Kann man denn sonst noch etwas für euch tun?«

»Nein, nein, das war alles, Richard. Vielen Dank. Falls doch noch jemand auftaucht, auf den die Beschreibung zutrifft, wären wir euch sehr dankbar, wenn ihr uns Bescheid gebt.«

Die Beschreibung selbst behielt er gleichwohl für sich, und Richard war nicht unglücklich darüber.

»Vielleicht noch eine Tasse Tee?«

»Danke, wir sind im Dienst.« Auf die Idee, den Tee ohne geistige Zutaten zu trinken, schienen weder Ian noch Walter zu kommen. Beide hoben die Hand zum

Gruß und machten sich wieder auf den Weg, während Richard sich den Zeitungen zuwandte, die er im Begriff gewesen war, auf der Empfangstheke zu ordnen, sodass jeder Gast sich eine Lektüre mitnehmen konnte. *Royales Collier weiterhin verschwunden – Verdächtige wieder auf freiem Fuß*, kündete die *Times*, und er schüttelte verwundert den Kopf. Wie lange man auch auf dieser Welt wandelte, sie war doch jeden Tag aufs Neue überraschend.

Dass, kaum hatten sie den Fuß vor die Tür des Flodigarry Boatsmen gesetzt, ein Bus auftauchte, war eine Fügung des Schicksals. Beim bloßen Gedanken, den ganzen Gewaltmarsch noch einmal in entgegengesetzter Richtung auf sich nehmen zu müssen, war Kate schon ganz kläglich zumute gewesen. Doch dann war er plötzlich vor ihnen gestanden. Und man muss sagen: zum Glück! Denn er war im letzten Moment zum Stehen gekommen. Der offensichtlich reichlich bejahrte Bus war mit einem angesichts seines Zustands mehr als erstaunlichem Tempo über die Kuppe geschossen, hatte gleichzeitig die Kurve genommen und war dabei so unvermittelt vor den beiden Frauen aufgetaucht, dass sie gleichzeitig aufgeschrien hatten. Die Ältere der Ladies hatte allerdings auch noch den Arm nach oben gerissen, was bei Vertretern des Transportwesens gemeinhin als Signal galt, dass Interesse an Beförderung bestand. Und so kam es, dass Martine Bonnechance und ihre tapfere Begleiterin wenig später im Linienbus nach Portree saßen. »Denken Sie, Sie könnten uns beim Hotel 24 Charming Street rauslassen, guter Mann?«, fragte die alte Dame.

»Beim 24 CS!«, rief der Busfahrer gutmütig, der sich als Harold vorstellte, obwohl weder die alte noch die junge Frau erwartet hätten, seinen Namen zu erfahren. »Gibt keinen besseren Ort auf der Insel, um auszusteigen.« Was offenbar so viel wie Ja bedeutete. »Sind Sie dort zu Gast?«

»Durchaus, Sir«, erklärte Martine Bonnechance. »Ein entzückendes Hotel.«

»Das beste, Ma'am. Das beste. Kennen Sie schon den alten Weihnachtsbrauch, den sie dort haben?«

Er wartete nicht auf eine Antwort, sondern erklärte höchst vergnügt: »Die haben da jedes Jahr einen besonderen Weihnachtsgast, dem der Aufenthalt dort geschenkt wird – und Ladys, das muss ich sagen: Ich würde nicht ablehnen, wenn mich mal jemand dafür auswählen würde! Ist ja auch gar nicht immer jemand, der berühmt wäre oder so. Einmal hatten sie einen Muschelfischer aus Wales da …« Er lachte. »Großartiger Mann. Einmal war's eine Zugehfrau aus Liverpool. Aber dieses Jahr ist es ja eine richtige Berühmtheit! Kann sich natürlich kaum noch einer erinnern. Also, wenn ich ehrlich bin, ich auch nicht …«

Während er so redete, steuerte er seinen Bus durch Sturm und Haarnadelkurven, als führe er auf Schienen, indes die beiden Frauen ein ums andere Mal die Luft anzuhalten nicht vermeiden konnten.

»War nun mal ein paar Jährchen vor meiner Zeit, auch

wenn ich nicht mehr der Jüngste bin. Muss aber eine tolle Frau sein!«

Kate war für einen winzigen Moment versucht, ihm zu widersprechen und zu sagen: *Ich bin der diesjährige Weihnachtsgast, und ich bin definitiv keine Berühmtheit.* Nur so ein Impuls. Aber stattdessen hörte sie die alte Dame neben sich sagen: »Erstaunlich! Das hätte ich gar nicht gedacht.« Der Blick, den sie Kate zuwarf, sprach Bände. »Dann bin ich stolz, dass ich gleichzeitig mit einer so bedeutenden Persönlichkeit in diesem entzückenden Hotel logiere.«

»Allerdings, Ma'am. Ich habe schon überlegt ob ich mal einen Blick ins 24 CS werfe. Könnte ja sein, dass man sie zu sehen bekommt ... Oder gar zu hören!« Ein schwärmerischer Ausdruck lag mit einem Mal auf seinem Gesicht.

»Zu hören?«, fragte die Jüngere unvorsichtigerweise.

»O ja, Ma'am! Sie wissen schon: die ›Nachtigall von Montmartre‹.« Und er begann Lieder aufzuzählen, die wohl zum Repertoire der berühmten Sängerin gehörten, der die Ehre zuteilgeworden war, dieses Jahr ins 24 Charming Street eingeladen worden zu sein – das heißt: der die Ehre zuteilgeworden *wäre*.

Als sie endlich vor dem Hotel ankamen, hatte Kate das Gefühl, einmal die Musikgeschichte der letzten fünfzig Jahre vorgestellt bekommen zu haben. Offensichtlich war Harold ein echter Fan. Netterweise bestand er darauf, sich für die Beförderung seiner einzigen zwei Fahrgäste nicht entlohnen zu lassen. Also stiegen die Ladies aus dem Bus und wären beinahe vom Sturm mitgerissen worden, der auf den paar Meilen vom Flodigarry bis zum 24 Charming Street heftig zugenommen hatte.

»Gehen Sie schon rein. Ich möchte noch einen Moment hier draußen bleiben«, sagte Kate.

»Wirklich?«

»Wirklich.«

Und die Jüngere blieb, um zu checken, ob es wenigstens hier Handyempfang gab. Gab es. Jetzt war sie doch neugierig geworden. Sie gab »Nachtigall von Montmartre« ein und fand ihren vermeintlichen Namen auf Anhieb wieder: Odile Tourée. Und was sie las, war durchaus eindrucksvoll. Was sie sah, allerdings noch viel mehr.

»Der Wind hat ziemlich zugelegt«, bemerkte die Barfrau Kiharu, als sie sich wenig später an den Tresen setzte und sich einen Santa Flip bestellte.

»Allerdings. Hätte uns fast über die Klippe gepustet.«

Kiharu lächelte wissend und füllte ihren Shaker. »Ist das richtige Wetter, um drin zu bleiben. Und das fällt ja hier nicht wirklich schwer, nicht wahr?«

»Absolut nicht«, bestätigte die junge Frau, obwohl das Nächste, was sie tun wollte, darin bestehen würde, ihre Tasche aus der Suite zu holen und das Weite zu suchen. Längst fühlte sie sich in dem Hotel wie auf einer eingeschalteten Herdplatte – und es wurde immer heißer. Nur diesen Cocktail noch. Wer wusste schon, wann sich so eine schöne Gelegenheit wieder ergeben würde. Sie musste daran denken, was der Busfahrer über den

»Weihnachtsbrauch« des Hotels gesagt hatte: alles frei! Stand so ja auch auf der ominösen Einladung, die ihr jemand unter der Tür hindurchgeschoben hatte – nur dass sie nicht für sie gewesen war. Leider.

Der Santa Flip heizte heftig. Was nach dem Fußmarsch in Eiseskälte wirklich gut war. »Hätten Sie noch einen für mich?«

»So viele Sie wollen, Miss Tourée.«

»Ich setze mich mal da rüber.« Sie nickte zu einem der Sessel hin, die einladend in der Lobby standen, denn inzwischen fühlte sie sich so entkräftet, dass sie sich am liebsten auf die Theke gelegt hätte.

Jemand hatte seine aufgeschlagene Zeitung liegen gelassen. Gerade als Lisbeth, eine der Hotelbediensteten, sie wegräumen wollte, entdeckte Kate den Artikel: *Gestohlene Juwelen – Die Spur führt nach Skye.* »Warten Sie! Ich würde sie gerne lesen.«

»Aber natürlich, Ma'am.«

Auch eine Woche nach dem spektakulären Diebstahl des royalen Colliers der Herzogin von Kent fehlt jede heiße Spur, verkündete der Independent. *Zwei Verdächtige, die am Sonntag in einer Autowerkstätte in Glasgow festgenommen wurden, sind wieder auf freiem Fuß, weil ihnen eine Beteiligung an der Tat nicht nachgewiesen worden konnte. Unterdessen suchen Ermittler von Scotland Yard nach einer jungen Frau, die offenbar als Kopf der Bande das Collier außer Landes bringen wollte. Bereits im Visier der Polizei, gelang es der Verdächtigen im letzten Moment, in einen Zug zu flüchten und sich dem Zugriff zu entziehen. Die Angaben darüber, ob es der Schnellzug nach*

Skye war oder der Regionalzug Richtung Ayr, gehen auseinander. Der Wert der Juwelen wird auf mindestens hunderttausend Pfund geschätzt. Allerdings gehen Experten davon aus, dass die beabsichtigte Auktion, bei der das Collier für einen guten Zweck hätte versteigert werden sollen, womöglich ein Vielfaches dieser Summe erbracht hätte …

»Ma'am?«

Der Aufschrei war nicht beabsichtigt gewesen. Aber wenn es ein Getränk gab, um die etwas überstrapazierten Nerven zu beruhigen, so war das eindeutig der Santa Flip. Und wenn es eines gab, einer jungen Frau mit einer aufziehenden Erkältung vollends den Boden unter den Füßen wegzuziehen, dann war es ebenfalls dieses Getränk. Keine Frage.

Mit buchstäblich letzter Kraft schleppte sie sich auf ihre Suite und verzichtete darauf, sich ihrer Kleider zu entledigen. Stattdessen fiel sie etwa so grazil wie ein gefällter Baum auf die Matratze und vermochte es gerade noch, einen Zipfel der Bettdecke über sich zu zerren.

Im nächsten Augenblick war sie wie ausgeknipst.

Hinter einer anderen Zeitung hatte sich die alte Dame in einen der gemütlichen Fauteuils gesetzt und die jüngsten Meldungen studiert. Sie hatte dabei auch immer wieder unauffällig zu der jungen Frau hinübergeblickt, die ihr langsam beinahe ein wenig ans Herz zu wachsen begann. Denn hinter der in der Tat überaus befremdlichen Fassade verbarg sich, das merkte sie zunehmend, eine durchaus empfindsame Person. Dass diese Person immerzu vor sich hin sang, machte sie außerdem sympathisch – auch wenn gewiss nicht alle Songs nach dem Geschmack der älteren Dame waren. Martine Bonnechance hatte genug Lebenserfahrung, um zu erkennen, dass ihre junge Begleiterin sie auf der Wanderung eben nicht zornig angeblickt hatte, wenn sie sich unbeobachtet wähnte, sondern bewundernd. Nun gut, sagen wir: verwundert. Hätte sie nicht gedacht, dass ein Großmütterchen so ausschreitet. Auch war ihr aufgefallen, dass »Ms Tourée« überhaupt ein feines Gespür für Musik hatte. Sie reagierte ganz deutlich darauf, was gerade im Hintergrund lief – und sie schien sogar so etwas wie Geschmack zu haben. Nun, wenn auch einen eigensinnigen.

Hoffentlich hatte sie sie nicht zu sehr überfordert, die junge Frau wirkte doch etwas angegriffen, als sie nun aufstand und sich auf den Weg zu ihrer Suite machte. Auch die alte Dame ging auf ihr Zimmer, um sich ein wenig auszuruhen und frisch zu machen. Zu ihrer Überraschung fand sie auf dem Tischchen neben dem Fenster einen üppigen Blumenstrauß vor in den Farben Rosé und Weiß, die sie am meisten liebte, und davor ein Kärtchen: *Es ist uns eine große Freude, Sie nach so langer Zeit wieder im 24 CS begrüßen zu dürfen, »Madame Bonnechance«*.

Deux Amours

Richard Atkins genoss das Privileg, zwei kleine Räume im Dachgeschoss des Hotels zu bewohnen. Es war die einstige Unterkunft des Butlers, der hier sein diskretes Zuhause gehabt hatte, als das Gebäude Teil der Besitzungen des 17. Earl of Charming gewesen war. Und wie ein Butler alter Schule fühlte sich Richard manches Mal – mit allen Vorzügen und Nachteilen, die ein solches Leben bedeutete. Im Grunde war der Concierge eines erstklassigen Hotels nichts anderes als der Butler aller Gäste während der Dauer ihres Aufenthalts, und das bedeutete: ihr guter Geist, ihr Erster Diener, ihr Vertrauter und damit natürlich auch ihr unverbrüchlicher Geheimniswahrer.

Während Richard also seine nachmittägliche Tasse Tee trank – es handelte sich um die ihm zustehende zweite Pause des Tages, die übrigens kaum länger als eine Viertelstunde dauerte –, erlaubte er sich einen kurzen Blick in die Zeitung und hing ein wenig seinen Gedanken nach. Vor dem Fenster hatte der Wind noch einmal um einiges zugelegt. Richard schätzte auf sieben bis acht Beaufort. Für Insulaner nichts wirklich Bemerkenswertes. Aber die Gäste betrachteten solche kleinen Stürme stets mit einer gewissen Nervosität. Die Wettervorhersage verhieß keine Änderung. Ein wenig bedauerte er, dass sie wohl keinen Schnee haben würden wie im Vorjahr. Das gab dem Weihnachtsfest doch jedes Mal einen besonderen Zauber. Aber zumindest an Christmas Eve war solch dekorative Kulisse nicht zu erwarten.

Immer noch waren die Zeitungen voll mit Berichten und vor allem: mit Spekulationen über das Collier der Herzogin von Kent, als würden nicht tagtäglich überall auf der Welt Millionen, ja Milliarden von Menschen Opfer von dreistem Diebstahl – wenn auch ganz legal durch mächtige Firmen, die ihre Kunden nach allen Regeln der Kunst schröpften, seien es die Internetriesen oder die Finanzkonzerne. Ganz abgesehen davon fragte kein Mensch, wie eigentlich die Familie derer von Kent in den Besitz des Schmuckstücks gelangt war – und mit wessen Geld.

Nun, all dies waren Gedanken, die ein Richard Atkins sich allenfalls im ganz Privaten erlaubte. In seiner Eigenschaft als Repräsentant und Erster Diener des 24 Charming Street hätte er sich niemals zu solchen Überlegungen hinreißen lassen. So wie er sich auch zu anderen Dingen niemals hätte hinreißen lassen, wie verlockend sie auch immer sein mochten. – Jedenfalls fast niemals.

Seufzend legte der Portier die Zeitung beiseite, trank einen letzten Schluck Tee (er liebte den klassischen Earl Grey von Herrick's, wofür er täglich von Kiharu belächelt wurde, aber es war nun einmal der Tee seiner Kindheit) und stand auf, um sich wieder an seinen Empfang zu begeben und in die »Kommandozentrale«. Er nahm seinen Frack vom Bügel und schlüpfte hinein, wischte ein paarmal über Revers und Kragen und betrachtete sich im Spiegel neben der Tür. Soweit ersichtlich: tadellos. Auch wenn ihm Eitelkeit beinahe fremd war, so registrierte er doch zufrieden, dass er seit vierzig Jahren, als er seinen ersten Frack als Portier anziehen durfte, die Maße exakt hielt. Es kam ihm dabei aber entgegen, dass er seit jeher ein Mann von eher schmaler Statur war. Es wäre gelogen zu behaupten, Richard hätte an diesem Tag nicht besonderen Wert darauf gelegt, möglichst gut auszusehen. Denn das tat er. Weshalb es nicht wundernimmt, dass er noch einmal seinen Kamm zückte und das etwas lichter und vor allem über die Jahre weiß gewordene Haar in Ordnung brachte.

»Nun denn«, murmelte er, nickte sich zu und machte sich auf, den restlichen Tag für all seine Gäste so angenehm wie möglich zu gestalten.

Nick hatte an diesem Tag erst zur Spätschicht anzutreten, wie übrigens der gesamte Dienstplan über die Weihnachtstage ein gänzlich anderer sein würde. Denn anders als zu anderen Zeiten, fingen die Weihnachtstage im 24 Charming Street nicht früh an, um spät zu enden, sondern sie fingen sehr früh an, um noch viel später zu enden! Weshalb Nicholas auch einen Black Bun bei sich hatte, den ihm seine Mutter mitgegeben hatte (ja, er hatte es mit seinen siebenundzwanzig Jahren noch nicht geschafft, endlich mal auszuziehen, vor allem, weil seine kleine Schwester ihn immerzu bekniete, zu Hause zu bleiben). Er trug das kleine Päckchen unter dem Mantel, weil es inzwischen nicht mehr nur stürmte, sondern auch zu schneien begonnen hatte. Sich gegen den heftigen Schneesturm stemmend arbeitete der Page sich also voran von seinem – bei normaler Witterung – nur zehn Minuten entfernten Elternhaus hinüber zu seinem Arbeitsplatz. Mum hatte den Bun so entzückend für ihn eingewickelt, dass er sich entschlossen hatte, ihn lieber nicht zu essen, sondern jemandem eine Überraschung damit zu bereiten.

Als er schließlich angekommen war, sah er beinahe aus wie ein Schneemann. Hastig klopfte er seine Kleider ab, ehe er durch den Seiteneingang ins Hotel schlüpfte und sich dann in die Mitarbeiterräume begab, die neben der kleinen Wohnung von Rajeev, dem Hausmeister, lagen.

»Morgen, Nick«, grüßte David jovial. Der Kollege, wie Nicholas beinahe zehn Jahre im 24 CS beschäftigt, war im Begriff, seine Schicht zu beenden.

»Guten Abend, Dave«, erwiderte Nick und legte sein Päckchen vorsichtig auf die Fensterbank.

»Lass mich raten: ein Black Bun!« David grinste amüsiert. So seriös er in seiner Uniform aussah und so vornehm er sich gab – sobald er die Dienstkleider ablegte, war der Kollege ein fröhlicher, unbekümmerter Zeitgenosse, mit dem man gut auf ein Bier gehen konnte und der immer ein offenes Ohr hatte.

»Volltreffer, mein Freund.«

»Vielleicht sollte ich deine Mutter mal fragen, ob sie mich nicht adoptieren möchte.«

Nicholas lachte. »Unbedingt«, erwiderte er. »Mit sieben Kindern ist sie nicht ausgelastet.« Er zögerte. Eigentlich wollte er den Kuchen ja nicht selbst anschneiden. Andererseits ... »Möchtest du was abhaben?«

»Lass mal«, erklärte David und winkte ab. »Ich muss los.«

»Ein Rendezvous?«

Mit einem rätselhaften Lächeln zuckte David mit den Schultern und zwinkerten ihm zu. »Bis morgen.«

»Bis morgen.«

Wenige Augenblicke später, nun wieder in seiner Dienstuniform, huschte Nick durch die Flure des 24 Charming Street und hielt schlussendlich vor der Weihnachtssuite, deren Zimmernummer mit einem hübschen kleinen Kranz aus Tannen- und Steckpalmenzweigen geschmückt war. Einen Moment hielt er inne, dann klopfte er. Zunächst zaghaft, danach etwas kräftiger. Allerdings in beiden Fällen ohne Reaktion. »Miss Tourée?«, rief er leise und klopfte noch ein drittes Mal: »Kate?« Mehr war nach den Regeln der Kunst bekanntlich absolut ausgeschlossen. Denn man durfte wohl einen Gast aus wichtigem Grunde an die Tür bemühen, man durfte ihn aber unter keinen Umständen belästigen.

Schließlich legte Nick das kleine Päckchen mit dem Kuchen vor der Tür der Suite ab, warf einen letzten Blick auf den karierten Stoff und die rote Schleife, leistete heimlich seiner Mutter Abbitte, weil er ihr köstliches Kunstwerk weiterverschenkte, und verschwand dann so schnell und diskret, wie er gekommen war.

»Ich nehme an, dass Sie wie jedes Jahr Ihre Vorbereitungen für unsere kleine Veranstaltung längst abgeschlossen haben, Kiharu?«, fragte Richard, als er auf seinem Weg zur Rezeption an der Bar vorüberkam.

Die Bartenderin lächelte und schüttelte leicht den Kopf. »Wie jedes Jahr habe ich das am Vorabend noch nicht. Aber seien Sie unbesorgt, Mr Atkins, es wird wie immer alles rechtzeitig so weit sein.«

»Ich bin völlig unbesorgt, Kiharu«, erwiderte Richard und nickte ihr lächelnd zu. Die Barfrau, die seit nunmehr fünf Jahren im 24 CS arbeitete, war das, was man gemeinhin »eine Bank« nannte, also ebenso verlässlich wie bereichernd. Der Portier blickte sich um. »Haben Sie eigentlich Madame Tourée gesehen?«

»Die junge Lady?«, fragte Kiharu mit verschwörerischem Unterton.

»Gewiss«, entgegnete Richard, ohne sich etwas anmerken zu lassen.

»Es ist schon etwas her, da hat sie sich einen Santa Flip bei mir gegönnt.« Kiharu überlegte. »Wenn ich es recht bedenke, sah sie etwas angegriffen aus.«

»Hm. Nun, vielen Dank, Kiharu.«

Einige Zeit später, im Hintergrund liefen unablässig die Vorbereitungen für die Weihnachtstage, sah Richard von seinem Platz am Empfang aus die ersten Gäste auf dem Weg zum Restaurant. Es gehörte zu den schönen Gepflogenheiten des Hauses, dass man sich zum Dinner etwas feiner kleidete. Die Damen trugen deshalb meist Abendgarderobe – nichts Übertriebenes! Aber eben auch keine Jeans und Sneakers –, die Herren erschienen im Anzug, überwiegend mit Schlips oder (die älteren Semester) mit Fliege. Auch das ein oder andere Stück aus dem Safe durfte seine Besitzerin schmücken.

Lady und Lord Lorrington gaben sich die Ehre, an diesem Abend im Rigg's Inn, wie das Hotelrestaurant benannt war, zu speisen, Mr Olmond-Westinghouse, der schwerreiche Medienunternehmer, Julia Fletcher, eine der Savile-Row-Witwen, die heute ganz Westminster einkleideten, das Ehepaar Skjöllborn, das wie jedes Jahr die Weihnachtstage im 24 CS verbrachte, ebenso die First Lady Mrs Mildred Porter, diesmal ohne ihren Gatten, den dringende Amtsgeschäfte von seinen Weihnachtsferien abgehalten hatten (dafür waren diesmal die beiden Jungs dabei, die kaum besser erzogen schienen als ihr Vater). Diese und etliche andere Gäste beobachtete der Portier auf dem Weg ins Restaurant. Nur die junge Frau aus der Weihnachtssuite tauchte nicht auf, und zwar weder um 7:00 p. m. noch um 8:00 p. m. oder 9:00 p. m.

Als sich das Rigg's Inn bereits langsam wieder zu leeren begann und die Zeiger der kleinen Uhr hinter der Rezeption steil auf 10:00 p. m. vorrückten, griff Richard zum Telefon und wählte die Nummer der Weihnachtssuite. Allerdings hob niemand ab. Also ließ er sich mit dem Room Service verbinden.

»Rosa?«
»Mr Atkins!«

»Ist die Weihnachtssuite gerade belegt?«

»Sie meinen, ob Miss Tourée dort ist?«

»Richtig.« Richard wusste, dass man in der Zentrale des Housekeeping genauso erkennen konnte, ob die Bewohner eines Zimmers gerade da waren, wie auf den Fluren des Hotels, wo neben jeder Tür ein kleines Lämpchen entweder rot leuchtete (»anwesend«) oder grün (»nicht anwesend«).

»Doch. Das Zimmer ist gerade belegt.«

»Hm. Haben Sie Miss Tourée heute gesehen?«

»Nein, Sir. Ich wollte noch bis zehn Uhr warten, ob sie das Zimmer verlässt.« Denn natürlich deckten die Zimmermädchen jeden Abend die Betten auf und legten eine kleine süße Aufmerksamkeit auf die Kopfkissen, sobald die Gäste ihre Zimmer zum Abendessen verlassen hatten. »Soll ich …?«

»Nein, nein, Rosa. Vielen Dank. Ich will noch einmal bei ihr anrufen.« Er überlegte. »Wenn Sie vielleicht in fünfzehn Minuten …?«

»Gerne, Mr Atkins! In fünfzehn Minuten.«

Richard legte auf, wählte ein weiteres Mal die Nummer der Weihnachtssuite, lauschte für einige Augenblicke dem vergeblichen Läuten des Telefons und widmete sich dann wieder anderen Aufgaben. Bis Rosa sich bei ihm meldete.

»Mr Atkins?«

»Ja, Rosa?«

»Ich fürchte, Miss Tourée ist ziemlich krank.«

Dr. Goldberg war wie stets binnen kürzester Zeit zur Stelle. Richard erwartete ihn vor der Suite und begleitete ihn dann nach unten.

»Vielen Dank, dass Sie so schnell gekommen sind.«

»Das ist doch eine Selbstverständlichkeit, Mr Atkins.«

»Dürfen wir davon ausgehen, dass Ms Tourée bald wieder gesund ist?«

»Es ist nichts weiter als ein gewöhnlicher grippaler Infekt«, erklärte der Arzt. »Ich habe ihr einen Fiebersenker gegeben, der wird ihr eine ruhige Nacht bescheren. Wenn Sie die Patientin gut pflegen – woran ich keinen Zweifel habe –, wird sie in achtundvierzig Stunden wieder auf dem Damm sein.«

»Achtundvierzig Stunden ...«, murmelte Richard.

»Nun, Sie dürfen keine Wunder erwarten, Sir.«

»Nein, nein. Gewiss nicht. Noch einmal vielen Dank.«

»Es war mir ein Vergnügen.« Was zu bezweifeln war. Wer ließ sich schon am Abend vor Christmas Eve zu nachtschlafender Zeit ins dichte Schneetreiben hinauszwingen (denn nun hatte doch Schneefall eingesetzt) und fuhr dann die schon bei bester Witterung dramatischen Straßen zum abgelegenen 24 Charming Street ...

»Die Rechnung ...«, erwähnte der Arzt beiläufig, während er seinen Mantelkragen hochklappte und den Hut aufsetzte.

»Schicken Sie bitte an uns. Das Hotel. Sie wissen ja ...«

»Ich weiß«, erwiderte Dr. Goldberg kopfschüttelnd. »Ihr Weihnachtsbrauch. Alles inklusive.«

»Und sei es ein Arztbesuch«, stimmte Richard zu und

hielt dem Arzt die Tür auf. »Guten Abend, Dr. Goldberg.«

»Auch Ihnen einen guten Abend, Mr Atkins.«

Damit entließ Richard den Arzt in Nacht und Schnee. Fröstelnd wandte er sich um und ließ seinen Blick durchs Hotel schweifen. Es waren nicht mehr viele Gäste, die noch in der Lobby und in der dahinter liegenden Bar saßen. Einige unterhielten sich, einige lasen in Büchern und Zeitungen. Mr Richmond, der Pianist, spielte seine leisen Swing-Klassiker, in dem Moment »Stay As Sweet As You Are«, Kiharu goss ein Glas Whisky ein und stellte es auf ein Tablett. Sie brachte den Drink zu einem Tisch am Fenster, wo die Zeitung sich senkte und die alte Dame aus Zimmer 2 sich lächelnd bedankte.

Richard spürte, wie die Luft um ihn her für einen Augenblick dünner, wie die Musik einen oder zwei Atemzüge lang leiser wurde, wie – und das gab es bei ihm, wie man sich denken kann, eigentlich nie – seine Handflächen feucht wurden. Doch dann war es schon vorüber, er entsann sich seines Vorhabens und schritt hinüber zu der eleganten Lady, die in diesem Moment innehielt, das Glas halb erhoben, dann lächelte, ihm zunickte und einen kleinen Schluck nahm. »Bonsoir.«

»Madame Bonnechance«, begrüßte Richard sie mit einer vollendeten Verbeugung.

»Martine genügt völlig.«

»Martine oder Odile?«

»Nun, wir flüchten alle vor unserer Vergangenheit, nicht wahr? Die einen früher, die anderen später.«

»Und manchmal werden wir von ihr eingeholt. Es ist

uns eine Ehre, Sie wieder im 24 Charming Street begrüßen zu dürfen.«

»Und es ist mir eine ganz besondere Freude, wieder hier zu Gast zu sein. Ich verbinde nur die schönsten Erinnerungen mit diesem Ort. Die allerschönsten.«

Es war weit nach Mitternacht, Kiharu hatte noch einen stärkenden nicht alkoholischen Cocktail in die Weihnachtssuite geschickt, Euna sammelte die letzten Gläser von den Tischen in der verwaisten Halle ein, Nick hatte sich für die Bereitschaft in die Bedienstetenkammer zurückgezogen, wo für die Bediensteten, die auf Abruf vor Ort waren, zwei leidlich gemütliche Liegen bereitstanden, als Richard endlich seinen Tag beendete. Er zeichnete das Register ab, das er an der Rezeption führte und in dem neben den An- und Abreisen der Gäste zum Beispiel auch wichtige Ereignisse oder besondere Vorkommnisse vermerkt wurden (etwa das Auftauchen zweier Polizisten aus Portree, die sich nach jungen Frauen erkundigten, von denen man im 24 Charming Street noch nie gehört hatte). Richard nannte das Register sein »Logbuch«, zumal er es immer wieder mit kleinen, bedeutsamen Bemerkungen versah. An jenem Abend erlaubte er sich, den bereits eingetragenen Namen Martine Bonnechance mit Anführungsstrichen zu versehen und in Klammern zu vermerken: *siehe 13.07.1971*.

Dann endlich legte er Stift und Lesebrille beiseite und stieg hinauf in seine kleine Wohnung unter dem Dach, um ein paar wenige Stunden Ruhe zu genießen, ehe der längste und anstrengendste Tag des Jahres für ihn anbrach – und der schönste obendrein! Im Vorübergehen betrachtete er noch das Foto einer Abendveranstaltung vor vielen Jahren, auf dem neben einer hinreißenden jungen Frau auch eine Widmung zu sehen war: *Danke für die bezaubernden Stunden! O.*

Ja, an bezaubernden Stunden war das 24 CS reich, und es schenkte sie aus vollem Herzen und stets großzügig seinen Gästen. Und manchmal schenkte ein Gast eine bezaubernde Stunde zurück ... Seufzend öffnete Richard die Tür zu seinen Räumen, hängte seinen Frack an den Bügel, streckte sich und trat an die Kommode, wo er – wozu diese schönen Dinge aufgeben? – einen Plattenspieler stehen hatte, auf dessen Teller er eine Aufnahme legte, die er besonders liebte. Augenblicke später erklang unter dem Dach des 24 Charming Street leise eine Stimme aus ferner Vergangenheit, die jeden wissen ließ, der es wissen wollte: J'ai deux amours ...

So ging der Tag vor Christmas Eve hin, und dieses besondere Haus auf dieser so besonderen Insel sank langsam in eine kurze, aber tiefe Ruhe.

Ein lang gezogener, tiefer Ton weckte Kate (das mit ihrem Namen hat uns ja nun Nick ganz beiläufig verraten). Es klang wie der Ruf eines fernen Riesen. Schlaftrunken richtete sie sich im Bett auf, rieb sich übers Gesicht und musste kurz überlegen, wo sie überhaupt war.

Sie hatte geschlafen, als hätte sie seit Tagen kein Auge mehr zugetan, ach was: seit Wochen. Ein wenig war ihr schwindlig. Und das Kopfkissen schien zu ihren Schläfen in einer Art magnetischem Verhältnis zu stehen. Am liebsten hätte sie sich wieder hingelegt und weitergeschlafen. Andererseits traf die Idylle, die sie umgab, auf einen namenlosen Schrecken: Sie war immer noch in diesem Hotel! Unter falschem Namen! Ohne Geld, ohne Plan und vor allem ohne jede Ahnung, was sie tun sollte – außer natürlich, so schnell wie möglich abzuhauen. Endlich.

Etwas wackelig stand sie aus dem Bett auf, tapste hinüber zum Bad, erledigte, was zu erledigen war, betrachtete sich fassungslos im Spiegel, beschloss zu ignorieren, was sie sah, und schlich wieder hinüber ins Schlafzimmer. Erneut tönte dieses seltsame Geräusch über die Insel. Ein Blick aus dem Fenster machte ihr klar, dass es das Nebelhorn eines Schiffs gewesen sein musste, das in majestätischer Ruhe durch den Sound of Raasay glitt. Der Sturm hatte nachgelassen! Dafür lag eine dichte Schneedecke über der Insel. Auf einmal war nicht mehr alles in Grau- und Ockertönen gefärbt, sondern weiß und stahlblau und von einer Leichtigkeit wie aus einem dieser Einrichtungsmagazine, die beim Friseur auslagen und einem ständig vorhielten, was Klasse hat (nämlich nicht das eigene Zuhause). Unfassbar, wie sich ein solcher Ort über Nacht verwandeln konnte. Das hieß …

Erschrocken wandte sich Kate um und überlegte, wie viel Zeit vergangen sein mochte. Sie erinnerte sich, dass sie in der Bar etwas getrunken hatte. Aber danach …

danach erinnerte sie sich an nichts. Gar nichts! Die Zeit zwischen diesem Drink ... und jetzt ... sie schien wie ausgeknipst. Das hieß nein, eigentlich fühlte sie sich selbst wie ausgeknipst zwischen dann und jetzt. Sie blickte sich im Zimmer um, entdeckte eine Packung Medikamente auf dem Nachttisch und daneben drei leere Gläser.

Verwundert trat sie näher, nahm die Gläser zur Hand und roch vorsichtig daran. Kein Alkohol. Eher so etwas wie ... Vitamindrinks. Smoothies? Offenbar die reinsten Wunderwaffen. Gegen grippale Infekte. Die Tabletten: Fiebersenker. Hm. Tatsächlich meinte sie auch, sich etwas fiebrig zu fühlen. Die Gliederschmerzen sprachen ebenfalls dafür. Sie legte sich selbst die Hand auf die Stirn und an den Hals, ohne sich sicher zu sein, was sie spürte. War die Stirn warm? War die Hand kalt?

Auf dem anderen Nachttischchen entdeckte sie ein Thermometer. Das brachte Klarheit: 38,2 Grad Celsius. Okay, das war nicht wirklich Fieber, aber für den Morgen eine ziemlich hohe Temperatur, oder? Falls es überhaupt Morgen war!

Kate griff nach der Fernbedienung und machte den Fernseher an. Der Nachrichtensender von neulich. Mit der Übertragung einer Sendung über die Weihnachtsvorbereitungen im Buckingham Palace! Kopfschüttelnd (was keine gute Idee war) zappte die junge Frau weiter, inzwischen etwas fröstelnd, weshalb sie sich wieder ins Bett kuschelte und sich die üppigen Kissen hinter den Rücken stopfte. *Der kleine Lord.* »Mann«, murmelte sie. *Oliver Twist.* »Ogottogott ...« *Schottische Bräuche zur Weihnachtszeit.* »Uhhh.« News. »Okay.« Das Datum stimmte schon mal. Christmas Eve. Die Uhrzeit passte auch so halbwegs. 10:30 a. m. Es war zwar verrückt, dass sie immer noch hier war, aber zumindest hatte sie nicht die letzten drei Nächte oder so verschlafen. Und dass bis jetzt nichts passiert war, war auch eine gute Nachricht. Nur mit halbem Ohr hörte sie zu, wie von den jüngsten Ereignissen in Inverness berichtet wurde (Nessi sollte mithilfe eines riesigen Weihnachtspuddings an Land gelockt werden), von der Reise des Prince of Wales nach Auckland (wo ihm die Ureinwohner ein Tattoo angeboten hatten), von den Gewinnern der jährlichen Weihnachtslotterie zugunsten der Liverpooler Feuerwehr (zwei älteren Herren, die sich neulich nach vierzig Jahren Partnerschaft endlich das Jawort gegeben hatten), dem vermissten Collier derer von Kent (für das mittlerweile eine Belohnung in Höhe von zehntausend Pfund ausgesetzt worden war) ...

Okay, es war mehr als allerhöchste Zeit, endlich hier wegzukommen. Hastig griff Kate zum Haustelefon und bestellte sich beim Room Service ein paar Spiegeleier mit Speck, eine Kanne Kaffee und – wenn möglich – noch ein paar von den Vitamindrinks, die sie in der Nacht aufs Zimmer bekommen hatte (wie auch immer). Dann knipste sie zwei Tabletten aus dem Blister und schluckte sie mit Wasser, das sie auf dem Weg zur Dusche direkt vom Hahn trank. Denn duschen musste sie, und zwar so was von dringend ... In dem Zustand, in dem sie war, hätte sie nicht einmal dem Zimmermädchen die Tür geöffnet.

Was aber auch nicht nötig war. Denn als sie wieder aus dem Badezimmer kam, stand bereits das Frühstück auf dem kleinen Tischchen im Wohnzimmer. Dazu ein paar frische Blümchen, die aktuelle Zeitung – genau genommen zwei davon: der *Guardian* und die *24 Christmas Times*.

In den flauschigen Hotelbademantel gehüllt, setzte sich Kate an den Tisch und nahm die Haube vom Teller. Der Duft von herzhaftem schottischem Frühstück stieg ihr in die Nase. Die Fiebersenker schienen auch schon zu wirken, denn mit einem Mal waren die Gliederschmerzen wie weggepustet, und der Tatendrang war zurückgekehrt – vielleicht auch ganz einfach der Fluchtreflex.

Zu Kates Überraschung lag noch ein Päckchen daneben, hübsch in karierten Stoff gewickelt und mit einer roten Schleife umbunden. Sie fragte sich, ob dieses Ding auch schon vorhin hier gelegen hatte. Und woher es stammen mochte. Nun, bevor sie es öffnete, würde sie erst einmal etwas essen. Denn der Hunger war definitiv stärker als die Neugier.

Sie hatte zwar keinen Handyempfang. Aber den Bahnfahrplan hatte sie abfotografiert. Und wenn nicht am Vorabend von Weihnachten alles anders war, würde in einer knappen Stunde der Zug nach Edinburgh (und damit auch nach Glasgow) abfahren – der letzte vor dem legendären Caledonian Sleeper, der dann am Abend auslaufen würde. Falls er denn heute fuhr.

»Rezeption? Richard am Apparat?«, meldete sich die

Stimme des Portiers, der seit vorgestern hier Dienst tat. Der andere wäre Kate lieber gewesen, der, der sie empfangen hatte, als sie hier angekommen war. Der Neue – wenn man bei dem Semester von »neu« sprechen konnte – hatte einen Blick, bei dem man sich ständig ertappt fühlte. Zumindest wenn man in Kates Situation war. »Ja, ähm, Tourée hier«, sagte sie. »Ich bräuchte den Wagen.«

»Gewiss, Madame«, erwiderte der Portier. »Darf ich fragen, wohin Sie zu fahren gedenken?«

»Ist das wichtig?«

»Nun, davon hängt es ab, für wie lange ich ihn Ihnen reservieren darf, nicht wahr?«

Womit er ärgerlicherweise recht hatte.

»Zum Bahnhof«, erklärte sie.

»Sehr wohl. Ich hoffe, Sie beabsichtigen nicht, uns schon zu verlassen?«

Kate zog es vor, nicht auf die Frage einzugehen. »Wie lange wird es dauern?«

»Der Wagen steht in zehn Minuten für Sie bereit, Madame!«

»Gut. Ähm, danke.«

»Mit dem größten Vergnügen.«

Hastig räumte sie die Snacks und die nachsortierten Fläschchen aus der Minibar und die aus dem Badezimmer in ihren Rucksack, dazu die noch nicht ausgewickelten Seifenstücke, die Hotelhausschuhe und zur Sicherheit noch eines dieser unfassbar weichen Handtücher (zu gerne hätte sie auch den Bademantel mitgenommen, doch der war schlicht nicht in ihrem kleinen Gepäckstück unterzubringen). Zuletzt holte sie das kleine Päckchen, das sie weggesperrt hatte, aus dem Safe. Dann schlüpfte sie in ihre Sachen und verließ eilig die Suite.

Tatsächlich stand der Wagen vor dem Haus und Nick davor. Ausgerechnet. Als er sie sah, ließ er sich nichts anmerken, sondern zog nur rasch seine Kappe, machte einen knappen Diener und riss den Wagenschlag auf. »Guten Morgen, Ma'am!«, sagte er ganz geschäftsmäßig, wartete, bis Kate sich auf die Rückbank gesetzt hatte, schloss die Tür wieder und setzte sich anschließend hinters Steuer.

Der Vauxhall rollte auf die Straße – jedenfalls dorthin, wo Kate unter der dichten Schneedecke die Straße vermutete, während das Handy in ihrer Tasche mit erstaunlicher Vehemenz den Eingang etlicher neuer Nachrichten verkündete.

»Geht es dir wieder besser?«, fragte Nick mit einem Blick in den Rückspiegel.

»Ich war so was von erledigt nach dem Spaziergang mit der alten Schachtel«, erwiderte Kate. Die Text- und Sprachnachrichten konnte sie dann im Zug checken. Sie wusste ohnehin, worum es ging und wer sie so dringend zu erreichen versuchte.

»Alten Schachtel?« Nicks Blick wanderte wieder nach vorne. »Ich habe nur mitbekommen, dass Dr. Goldberg bei dir war.«

»Dr. wer?«

»Goldberg. Der Arzt, den das 24 CS ruft, wenn jemand krank ist.«

»Hm. Da hast du mehr mitbekommen als ich.«

Nick zuckte die Achseln.

»Du weißt schon, wo wir hinmüssen, oder?« Unter der dicken Schneedecke sah alles gleich aus, Kate hatte nicht den geringsten Schimmer, wo sie entlangfuhren.

»Alles mit der Rezeption besprochen.«

Stimmt, sie hatte diesem Richard ja verraten, dass sie zum Bahnhof wollte.

»Hier drüben ...« Nick deutete zu einer Anhöhe hin. »Das ist übrigens The Storr. 2359 Fuß hoch!«

Kate sah genauer hin. In der Tat ragte eine beeindruckende Felsformation grau in den hellen Winterhimmel. »Cool«, sagte sie gelangweilt.

»Der Fels ist in mehreren Filmen zu sehen. Es gab hier auch schon Lichtshows, Open-Air-Konzerte und ...«

»Mhm«, machte Kate und rieb sich mit den Händen übers Gesicht. Okay, Fieber hatte sie nicht mehr. Aber bei solchem Touristen-Blabla wurde sie müde. Sehr müde.

»Wenn du hier über den North Minch schaust, siehst du Eilean Flodigarry«, erklärte Nick und deutete Richtung See.

Den erschöpften Blick dorthin gerichtet, erkannte Kate eine Insel, auf der es genau gar nichts zu sehen gab – außer der Insel, die dort drüben im Meer lag. »Okaaay?«, sagte sie, leicht genervt. Und dachte sich: so what?!

»Flodigarry kennst du ja«, stellte Nick gelassen fest, ohne zu bemerken, wie Kates Puls in die Höhe schoss.

O ja, Flodigarry kannte sie. Mit Schrecken dachte sie an den Gewaltmarsch durch Eis und Sturm, den ihr Martine Bonnechance angetan hatte, weil sie angeblich nicht ohne Begleitung hatte gehen können. Die hatte es ihr aber gezeigt, die zerbrechliche alte Dame ...

»Oh, Achtung! Hier kommt die Single Track Art Gallery. Super Ort. Sie stellen immer wieder sehr schöne Kunst aus. Meine große Schwester hatte hier auch schon mal eine Ausstellung – moderne Sachen, aber ...« Er lachte. »Aber man kann sie sich echt ansehen, wenn du verstehst, was ich meine.«

»Absolut«, erwiderte sie. Und wie sie sich das vorstellen konnte. Sie hatte mal Kunst studiert. Wenn auch nur ein halbes Semester lang, ehe sie sich entschlossen hatte, lieber gleich zu arbeiten. Seither kellnerte sie und sang, wenn es mal eine Möglichkeit für einen Gig gab. Aber hey, Kunst, davon verstand sie etwas. Deshalb wusste sie auch, dass solche Kleingalerien auf dem Land immer die scheußlichsten Dekoartikel ausstellten, die sie dann Kunst nannten. Und wenn sie besonders scheußlich waren, nannten sie sie moderne Kunst.

Der Wagen rollte über die weiße Landschaft. Vermutlich rollte er über die Straßen von Skye, auch wenn kein Zoll davon unter der Schneedecke zu erkennen war. Aber ein Chauffeur des 24 Charming Street hatte wahrscheinlich so etwas wie ein eingebautes GPS unter der Schädeldecke. Ein Navi jedenfalls hatte er nicht. Nun, wozu auch, bei den Strecken, die es hier zurückzulegen galt.

»Ah ja, und hier kommt jetzt Duntulm Castle!« Er sagte es, als wäre es etwas Besonderes. Wie Schloss Windsor vielleicht. Oder wie Buckingham Palace. Tatsächlich war es nur ein Haufen Steine, den man vor lauter Schnee nicht einmal richtig erkennen konnte.

»Echt jetzt?«, fragte Kate und versuchte, durch den Rückspiegel Blickkontakt zu Nick aufzunehmen, was der aber nicht zuließ.

»Im vierzehnten Jahrhundert errichtet. Es war der Stammsitz des MacDonald-Clans. Hugh MacDonald war hier eingekerkert, nachdem er einen Aufstand gegen seinen Vetter Donald Gorm ...«

»Alles klar«, fiel ihm Kate ins Wort. »Können wir ein bisschen schneller fahren?«

»Klar«, sagte Nick und grinste. Er gab Gas, und der Wagen rutschte schräg ein Stück über die Straße, falls es hier eine gab, ehe er sich wieder fing.

»Vielleicht doch nicht«, erklärte Kate und überlegte, ob sie sich mal übergeben musste. Musste sie nicht. Aber sie würde wirklich froh sein, wenn diese unfreiwillige Sightseeingtour endlich vorbei war. »Kommt mir diesmal ziemlich lang vor, die Strecke«, sagte sie.

»Bei den Witterungsverhältnissen ist so eine kleine Rundfahrt naturgemäß keine schnelle Sache«, erwiderte Nick.

»Rundfahrt? Wir machen hier eine Rundfahrt?«

»War das nicht der Wunsch?«

Kate wühlte nach ihrem Handy und sah auf die Uhr. »O Gott«, keuchte sie. »Mein Zug geht in vier Minuten.«

Zu dem Zeitpunkt waren sie etwa vierzig Minuten vom Bahnhof Portree entfernt.

Ein Missverständnis? Wie schwer von Begriff kann ein Chauffeur sein? Oder ein Hotelpage? Oder ein junger Mann, mit dem man noch vorletzte Nacht zum Tag gemacht hat? Oder ... Oder war es gar kein Missverständnis? Sondern nur so etwas wie ... Sabotage? Natürlich hätte sie Nick in der Luft zerreißen können. Und sie spielte kurz mit dem Gedanken, sich massiv zu beschweren. Sehr kurz. Denn andererseits: Wenn sie sich beschwert hätte, wer wusste schon, welche Folgen das hätte auslösen können. Immerhin war sie unter falschem Namen in diesem Hotel abgestiegen. Dass sie den Aufenthalt jemandem »geklaut« hatte, der ihn selber geschenkt bekommen hatte und im Übrigen offenbar gar nicht aufgetaucht war – was spielte das schon für eine Rolle. Außerdem war ja nicht nur der Ärger zu bedenken, den die kleine Schwindelei im Hotel mit sich gebracht hätte. Es gab ja auch noch das viel größere Problem, dass kein Mensch erfahren durfte, wo sie war! Nicht, solange diese verfluchte Zeitbombe nicht entschärft war. Und Kate hatte nicht die geringste Idee, wie sie sie hätte entschärfen können.

Also trug sie ihren Zorn mit sich ins Haus und blickte nicht nach links noch rechts, sondern marschierte mit verschärfter Wut und Verzweiflung an der Rezeption vorbei, wo abermals dieser Portier stand und sie mit einer Makellosigkeit begrüßte, als liefe sie durch einen Hollywoodfilm: »Madame Tourée! Wie schön, dass Sie wieder da sind!«

Was es absolut nicht war. Kein bisschen. Im Zug hätte sie sitzen sollen, diese ganze verfluchte Isle of Skye klein und kleiner werden sehen, das hätte sie sollen. Stattdessen klebte sie an diesem lächerlichen Ort fest wie in einer Endlosschleife und spürte zu allem Überfluss auch noch, dass ihr der Stress gerade die letzten Kräfte raubte und die Erkältung wieder Oberhand bekam.

»Darf ich Ihnen eine Erfrischung aufs Zimmer schicken?«, fragte der Portier.

»Ja«, sagte Kate. »Nein. Nein.«

»Vielleicht einen der Vitamincocktails von unserer Barfrau?«

»Gerne«, hörte Kate sich sagen, ohrfeigte sich selbst innerlich und war zugleich erleichtert. Ja, diese Drinks waren gut. Vielleicht würde sie auch noch einen Fiebersenker nehmen. Und ein Bad. Das klang nach einer guten Idee. »Zwei vielleicht?«

»Selbstverständlich, Madame«, erwiderte der Portier und nickte zufrieden. »Mit dem größten Vergnügen. Und Madame Toureé?«

»Hm?« Sie wollte jetzt nur nach oben. Kein Schwätzchen halten.

»Es wäre uns ein besonderes Vergnügen, Sie nachher bei unserer kleinen Gala begrüßen zu dürfen.«

»Gala?«

»O ja! Eine alte Tradition. Die Gala an Christmas Eve.«

»Hm. Ja. Vielleicht.«

»Gewiss, Madame.« Und dabei sah er so sicher aus, dass sie kommen würde, dass Kate spontan beschloss, unter keinen Umständen hinzugehen. Kam ja gar nicht in Frage.

Hätte es noch einen weiteren Zug aufs Festland gegeben an diesem Tag, sie hätte vielleicht die Gelegenheit genutzt, sich endlich abzusetzen – wie auch immer. Aber wenn die Insel schon zu normalen Zeiten der Inbegriff des Verschlafenseins war, dann durfte man davon ausgehen, dass sie das an Christmas Eve erst recht war.

Er liebte diesen Wagen. Im Vauxhall war Nicholas McLaughlin schon als Dreijähriger gefahren – damals mit seinem Vater, der Chauffeur des 24 CS gewesen war, bis ihn eine schwere Krankheit zuerst vom Steuer und dann aus dem Leben gerissen hatte.

Der Vauxhall Light Six war für Nick ein Relikt aus den unbeschwerten Zeiten seiner Familie. Wenn er ihn aus der Garage holte, war es immer ein wenig, als träfe er seinen Vater noch einmal, er hörte seine Stimme, spürte seine Gegenwart – und er empfand sich als Erbe einer besonderen Aufgabe. Denn diesen Oldtimer zu fahren, hieß auch seine Geschichte fortzuschreiben, und es war eine mehr als ehrwürdige Geschichte. Chaplin war in diesem Wagen chauffiert worden, die Garbo und Shirley Temple, die Rupert McLaughlin »Daddy King« genannt hatte (wozu es mehrere Legenden gab, von denen vermutlich alle ein bisschen, aber keine wirklich stimmte).

Niemals wäre es Nick in den Sinn gekommen, diesen Wagen zu benutzen, um seine Herzensdame durch die Gegend zu fahren. Dass allerdings seine Herzensdame den Wagen benutzte … Nun, es ließ sich nicht leugnen, dass das Leben unberechenbar war. Mindestens so unberechenbar wie die Frauen. Oder gar die Liebe. All dies wäre Nick sicherlich durch den Kopf gegangen, wenn er sich dergleichen Gedanken erlaubt hätte. So aber ergab es sich, dass er lediglich mit dem Vauxhall in die Garage fuhr und dann für ungewöhnlich lange Zeit hinter dem Steuer sitzen blieb, ohne den Antrieb zu finden, endlich auszusteigen und seinen Pflichten wieder nachzukommen. Stattdessen quälte es ihn, dass er den Zorn der jungen Frau aus der Weihnachtssuite auf sich gezogen hatte. War es wirklich ein Missverständnis gewesen? Hatte nicht Mr Atkins ausdrücklich zu ihm gesagt: »Madame Tourée hat nach dem Wagen verlangt. Ich denke, eine kleine Fahrt über die Insel wird ihr Freude machen. Sie sind so gut und versäumen nicht, ihr die wichtigsten Sehenswürdigkeiten zu zeigen, nicht wahr, Nicholas?«

Für Nick hatte das nach einer kleinen Sightseeingtour geklungen. Eindeutig. Obwohl … Wenn er jetzt so darüber nachdachte … Und nun hatte er Kate verärgert. Mehr als verärgert! Sie war ja völlig aufgebracht gewesen, dass sie den Zug verpasst hatte. So froh Nick darüber war, dass sie noch nicht abgereist war, so sehr traf es ihn, dass sie kein Wort mehr mit ihm gesprochen hatte – nachdem sie ihm Pest und Cholera an den Hals gewünscht hatte. Vermutlich würde sie sich auch noch über ihn beschweren. Aber das bekümmerte ihn am wenigsten.

Mit einem Seufzen stellte er die Handbremse fest, wischte noch einmal mit dem Samttuch, das er stets im Handschuhfach dabeihatte, über die Armaturen, zog den Schlüssel ab und stieg aus. Selbst dieses fabelhafte Geräusch, das die Tür machte, wenn sie ins Schloss fiel, dieses satte »Flapp«, einem Rolls-Royce nicht ganz unähnlich, bereitete ihm an diesem Tag keine Freude.

Nick löschte das Licht in der Garage und verließ sie durch den hinteren Ausgang, der zur Gartenseite hin gelegen war. Wo er unvermittelt Kiharu in die Arme lief.

»Ach, Nick, wie gut, dass ich dich treffe«, sagte die Barfrau. »Kannst du mir kurz mit den Getränken helfen?« Sie schleppte gerade einen Kasten Coke hinüber zum Kücheneingang, der neben der Bar lag.

»Natürlich, Kiharu. Darf ich?« Er streckte die Arme aus, um ihr die Kiste abzunehmen. Doch die Bartenderin lachte. »Es sind noch sieben Getränkekisten übrig«, erklärte sie und nickte zum Vorratsraum hin. »Wenn du mir zwei oder drei davon bringen könntest, das wäre großartig.«

Er brachte alle sieben. Es war die beste Ablenkung. Und es war auch eine Art Selbstbestrafung. Für Dummheit. Für Unaufmerksamkeit. Für alberne Träumereien.

»Ach, du bist ein Schatz«, erklärte Kiharu, als er ihr die letzte Kiste hinstellte (Champagner. Ruinart. Ihr bevorzugter.). »Hast du noch ein wenig frei, ehe wir alle dran sind?« Es war klar, dass für die meisten seiner üblichen Aufgaben an diesem Tag kein Bedarf mehr bestünde: Alle Gäste hatten eingecheckt, es gab kein Gepäck zu transportieren, niemand würde an diesem Abend noch das Haus verlassen, sodass auch die Dienste als Chauffeur nicht mehr in Anspruch genommen würden …

»Eine Stunde, anderthalb«, erwiderte Nick.

»War das unser Weihnachtsgast?« Kiharu blickte Richtung Garage.

»Hm«, machte Nick. »Rundfahrt.«

»Tatsächlich? Ich dachte schon, sie wollte abreisen.«

»Wollte sie auch. Hätte ich mal weitergedacht.«

»Oh.« Die Barfrau musterte ihren Kollegen. »Du befürchtest, es gibt Ärger?«

»Hat es schon«, sagte Nick einsilbig und presste die Lippen aufeinander.

»Verstehe«, erwiderte Kiharu, ohne dass Nick gewusst hätte, ob es am Ende gar wirklich stimmte. »Manchmal sieht etwas nach einer Niederlage aus, was in Wahrheit ein Sieg ist«, sagte sie leise.

Nick lächelte schräg. »Alte japanische Weisheit?«

»Kiharus neueste Erkenntnis.«

Natürlich hatten sie das Zimmer schon gemacht, so auf Zack wie sie in dem Laden waren. Ein wenig wunderte sich Kate allerdings, dass es nicht aussah, als hätte man es für neue Gäste vorbereitet. Zum Beispiel stand dieses seltsame kleine Päckchen noch da, das sie vorhin schon entdeckt hatte. Nun machte sie doch die Schleife auf und wickelte den Schottenkarostoff ab. Es war ein Kuchen! Offenbar ein Black Bun. Kate hatte mal vor vielen Jahren so was gegessen, bei ihrer Großmutter in Newcastle, wo sie einige Jahre gelebt hatte, nachdem ihr Vater verschwunden und die Mutter zu ihrem neuen Freund gezogen war. Neugierig nahm sie ein winziges Stückchen und naschte. Und er schmeckte auch so! Süß und würzig und voller Erinnerungen an Grandma, die so resolut und verlässlich und manchmal richtig zärtlich gewesen war. Kate konnte sogar ihre Stimme hören: *Hast du dir die Hände gewaschen, Cathy? – Möchtest du noch ein Stück? – Du musst mehr essen! – Soll ich dir ein Stück mit in die Schule geben?* Lange her. Die Großmutter gab es nicht mehr, den Black Bun auch nicht, die Schule war früher vorüber gewesen als vorgesehen. Und danach ... Kate seufzte. Danach war irgendwie nicht viel gekommen. Jedenfalls nicht das, was sie sich erträumt hatte.

Nun, der letzte Zug war abgefahren, sie würde an diesem Tag von hier nicht mehr verschwinden können. Also packte sie ihre Tasche wieder aus und beschloss, das Beste daraus zu machen. Als sie die Sachen wieder in den Safe legte, entdeckte sie einen Wäschesack am Kleiderschrank – und einen Karton mit einem Paar knallroter Pumps davor, die in Seidenpapier drapiert waren, als wollten sie die Betrachterin dazu einladen, sie mal auszuprobieren. Was die Betrachterin auch tat. Denn offensichtlich waren die Schuhe nagelneu. Nie getragen. Es würde sicherlich nichts ausmachen, einmal mit ihnen über den flauschigen Teppich zu schreiten.

Entweder hatte die Besitzerin zufällig genau Kates Schuhgröße, oder ... Sie öffnete den Wäschesack. Ein ebenfalls tiefrotes Kleid hing vor ihr und flüsterte: *Du wirst traumhaft in mir aussehen, Kate. Zieh mich an!*

Man konnte ja durchaus völlig unabsichtlich und rein missverständlich in einem Fünfsternehotel kostenlos absteigen und unter falschem Namen einchecken, ein paar

Nächte dort schlafen und sich nach Strich und Faden verwöhnen lassen, ja, das konnte man. Aber es gab für alles Grenzen. Ein Paar Schuhe aus einem Karton zu nehmen und mal die eigenen Füße hineinzustellen (in die Schuhe, nicht in den Karton), das mochte auch noch angehen. In ein fremdes Kleid zu schlüpfen allerdings, das wäre schon sehr unverschämt gewesen ...

»Richard?«, fragte Kate, nachdem sie die »1« für die Rezeption gewählt hatte.

»Jawohl, Madame?«

»In meinem Zimmer hängt ein Kleid ...«

»Oh ja, Madame!«, erklärte der Portier. »Wir dachten, falls Sie sich doch entschließen wollen, zu unserem kleinen Weihnachtsempfang zu kommen, dann hätten Sie vielleicht Freude an einer, sagen wir, feierlichen Garderobe?«

»Hm. Verstehe. Und die Schuhe ...«

»Ich hoffe, sie passen.«

Kate legte auf, ohne etwas zu erwidern. Die waren doch alle verrückt hier. Völlig ausgeschlossen, dass sie in dem Fummel und mit den unmöglichen Schuhen auf die Weihnachtsparty ging. Dass sie *überhaupt* auf die Party ging!

Ansehen wollte sie sich die Sachen aber dann doch einmal. Sie war gerade dabei, das Kleid aus dem Sack zu nehmen, als es an der Tür klopfte. Der Zimmerservice brachte die zwei Zaubercocktails.

Nachdem sie einen davon getrunken hatte, zog sie sich um und überlegte kurz, ob sie die Sachen aus dem Safe nehmen und dazu probieren sollte, ließ es dann aber lieber bleiben. Sicher war nun einmal sicher.

Okay, das Bild im Spiegel war geil, keine Frage. So ein Kleid hätte sie mal für einen ihrer Auftritte brauchen können. Sie war froh, dass kein Preisschild dranstand. Die Schuhe kombinierten perfekt dazu. Wenn sie die Haare hochsteckte, hätte man sie für Adeles kleine Schwester halten können. Sie summte einen der älteren Songs von Adele, dann einen von Amy Winehouse, »Love Is A Losing Game«, der passte noch genialer zu dem Outfit. Dimmte das Licht in der Suite und blickte noch einmal in die Konsole mit den Musik-CDs. Fand zu ihrer Verblüffung eine Scheibe von »Odile Tourée« und legte sie ein.

Und während sie ihren zweiten Energydrink aus hauseigener Produktion genoss und auf die melancholisch unter der Klippe liegende See blickte, lauschte sie mit noch viel größerer Verblüffung der Stimme dieser französischen Sängerin. Der Song war unverkennbar schon vor längerer Zeit aufgenommen worden, war aber dennoch ungemein kraftvoll, und sie verspürte für einen kleinen Augenblick so etwas wie unerwartete Sentimentalität.

La mer
Qu'on voit danser
Le long des golfes clairs
A des reflets d'argent
La mer
Des reflets changeants
Sous la pluie

Die »Nachtigall von Montmartre«, dachte Kate. So hatte der Busfahrer die Frau genannt. Scheinbar war sie wirklich einmal berühmt gewesen. Und heute kannte kein Mensch mehr diese Sängerin. Ob sie sehr darunter litt? Falls sie überhaupt noch lebte. Das hieß, doch: Wenn Wikipedia recht hatte, war sie noch am Leben – nur eben völlig in Vergessenheit geraten … Wenn sie so darüber nachdachte, wusste Kate nicht, ob es besser war, nie berühmt zu werden, oder von der Welt vergessen zu werden.

La mer
Les a bercés
Le long des golfes clairs
Et d'une chanson d'amour
La mer
A bercé mon cœur pour la vie

Vom Text verstand sie nur wenig, weil sie kaum Französisch konnte. Aber die Melodie hatte sie schon mal gehört, dass es um die See und die Liebe ging, das lag auf der Hand, und es war nicht schwer, sie schon nach wenigen Versen mitzusummen. Vor dem Fenster senkte sich die frühe Winterdämmerung übers Meer – jetzt schon? In den Scheiben spiegelte sich ihre fremde Gestalt in dem eleganten Kleid mit den hochgebundenen Haaren, das Glas in der Hand, als wäre es ein Mikrofon. Wäre sie nur nicht schon wieder so müde gewesen …

Sich für einen Augenblick hinlegen, das würde jetzt genau das Richtige sein. Sie stellte den Rest des Cocktails weg und ließ sich auf das fürstliche Bett nieder, ließ ihren Kopf auf diese phänomenal weichen Kissen sinken, lauschte der Musik ... »J'attrendrai«. Auch so ein Song, den man irgendwie kannte, aber eben nicht so richtig. Sog den frischen Duft der Bettwäsche ein und – war im nächsten Moment zu den Klängen alter Aufnahmen einer einst berühmten Chansonnière in ihrem roten Kleid eingeschlummert, das ihr die dienstbaren Geister dieses Hauses so umsichtig besorgt hatten, weil in einem Grandhotel wie dem 24 CS eben buchstäblich jeder Wunschtraum Wirklichkeit werden durfte (wofür Menschen wie Richard nicht nur einen sechsten Sinn, sondern auch die entsprechenden Quellen hatten).

Silber. Wie in ihren besten Zeiten. Es war lange her. Aber noch immer fühlte sich die alte Dame, die man einst die »Nachtigall von Montmartre« genannt hatte, wie eine Königin, wenn sie ihr silbernes Abendkleid überstreifte und in die passenden Schuhe stieg. Es war wie die Verwandlung von der Raupe zum Schmetterling, allerdings nicht durch Entpuppung, sondern durch Heimkehr in die Kleidung, für die sie offenbar geschaffen worden war. Auch wenn an diesem Abend keine Bühne auf sie wartete – jedenfalls nicht, damit sie sie betrat.

Wie sehr sich die Zeiten doch änderten. Und die Menschen. Nichts blieb, wie es war, obwohl wir doch alle stets das Bewährte suchen und unser Glück in der Wiederholung. Allein, Glück ließ sich nicht wiederholen.

Man konnte es nur stets aufs Neue erobern, es zumindest versuchen. Nun gut, dieses Hotel natürlich ... Wenn es einen Ort auf der Welt gab, an dem sich nicht alles unablässig änderte, sondern wo das Schöne, Gute und Wahre ein festes Zuhause hatte, dann war es das 24 Charming Street. Das wusste sie seit fünfzig Jahren – und in diesem Jahr konnte sie sich endlich davon überzeugen.

Die kleine Uhr über dem Schreibtisch schlug dreimal. In wenigen Minuten würde es losgehen. Die alte Dame klopfte sich noch ein paarmal auf die Wangen, um sie zu röten, nickte sich dann zufrieden zu (so zufrieden, wie man es eben sein kann, wenn man Mitte siebzig ist und gottlob etwas von Kosmetik versteht), ehe sie sich auf den Weg in die Halle machte.

Christmas Eve will find me

Sie hatte nicht vorgehabt hinunterzugehen. Absolut nicht. Aber am Ende war es der Hunger, der sie aus dem Zimmer trieb, nachdem er sie geweckt hatte. Vielleicht auch ein wenig die Neugier. Irgendwie schien ihr die Atmosphäre im Hotel verändert.

Draußen war es längst dunkel, längst. Die Musik im Zimmer war verklungen. Es war ganz still im Haus, stiller als sonst, schien ihr. Kurz überlegte sie, ob sie sich ein Clubsandwich aufs Zimmer bestellen sollte. Aber dann schlüpfte sie doch wieder in diese sensationellen roten Pumps und rieb sich mit beiden Händen übers Gesicht, um den Schlaf zu vertreiben, staunte einmal mehr, wie magisch diese Fruchtcocktails von der Bar jeden Anflug von Erkältung verjagten (zumindest vorübergehend), und ging schließlich hinunter in die Halle.

Hätte man Kate gefragt, ob es möglich sei, einen Raum noch prachtvoller zu schmücken, als es die Lobby des 24 Charming Street bisher gewesen war, sie hätte es im Brustton der Überzeugung verneint. Wie denn auch? Es war ja ohnehin ein wahrgewordenes Weihnachtsmärchen gewesen. Nun, sie hätte sich getäuscht. Denn mit Tricks, die zu durchschauen ihr erst nach und nach gelang, hatten die Mitarbeiter des kleinen Grandhotels aus dem Märchen ein Wunder gemacht. Da war zunächst die Luft, das fiel Kate als Erstes auf. Sie duftete nach allem, was man so mit Weihnachten verband. Mandarinen, Zimt, Ingwer, geröstete Kastanien ... Frisch und würzig zugleich. Nadelgehölz, ja, das auch, Glühwein vielleicht, Gebäck natürlich ... Einen Moment lang war ihr schwindlig von all den guten Düften, und sie musste sich an der Tür festhalten und vor allem: die Augen schließen. Als sie sie wieder öffnete, bemerkte sie, dass auch das Licht völlig anders war. Man hatte Laternen aufgestellt, die ihren milden Schimmer auf die Tische und Sessel warfen – und vor allem auf die Gäste. Der überwältigende Weihnachtsbaum erstrahlte indes noch viel funkelnder als sonst. Offenbar hatte man bisher bei Weitem nicht alle Lichter angemacht, mit denen er geschmückt worden war. Überhaupt: geschmückt! Das war der ganze Saal und die angrenzende Bar, und zwar mit noch mehr Gestecken und Girlanden – und mit zahlreichen entzückenden Etageren, auf denen sich kleine Köstlichkeiten präsentierten, so hübsch wie aus der Puppenstube.

»Darf ich Ihnen einen Platz vorschlagen, Madame?«, fragte eine junge Frau, die neben Kate getreten war.

»Hm«, machte Kate. »Dort vielleicht?« Sie zeigte auf einen leeren kleinen Tisch am Rand.

»Gewiss, Madame. Oder vielleicht dort?« Die Hotelmitarbeiterin, die ein geradezu lächerlich hübsches Kostüm in Schottenkaro trug und deren Brustschildchen sie als »Euna« auswies, deutete auf einen anderen Tisch, der wesentlich näher an der Bühne stand, die vor dem riesigen Weihnachtsbaum aufgebaut worden war.

»Dort?« Kate bemerkte, dass ihr ein Keuchen entwich, als sie die alte Lady erkannte, die dort alleine saß – neben einem leeren Sessel, geradezu als hätte sie ihn für sie reserviert. »Ich glaube nicht, dass ...«, sagte sie und wandte sich dem Tischchen zu, auf das sie selbst gedeutet hatte. Allerdings um festzustellen, dass in den wenigen Sekunden seither ein Paar dort Platz genommen hatte, das sie schon vom Restaurant her kannte. Kate seufzte. »Na gut«, erklärte sie und fügte sich in ihr Schicksal. Für ein Sandwich und ein Bier oder so würde sie die Gegenwart der Nervensäge, die ihr die Erkältung eingebrockt hatte, schon durchstehen.

»Wie schön, dass Sie mir Gesellschaft leisten, Odile«, begrüßte die alte Dame sie und schenkte ihr ein so strahlendes Lächeln, dass Kate zu ihrem heimlichen Ärger nicht anders konnte als zurückzulächeln. »Bonsoir.«

»Ja«, erwiderte Kate. »Nett.« Sie ließ es offen, ob sie damit meinte, dass die Lady ihr einen Platz freigehalten hatte, dass sie sich freute, sie zu sehen, oder dass die Deko ziemlich irre war.

»Sie wissen, dass heute Abend eine kleine Soirée für uns gegeben wird?«

»Eine Soirée. Hm. Ja. Hab's gehört.«

»Fein. Haben Sie schon etwas gegessen?«

Kate schüttelte den Kopf. »Die werden ja sicher auch hier was servieren, oder?«

Die alte Dame lachte. »Nun, davon gehe ich aus, meine Liebe. Aber ob Sie heute Abend hier à la carte essen können, das kann ich leider nicht sagen.«

Sie musste es auch nicht sagen. Denn Kate hatte sich

bereits eines von den kleinen Häppchen geschnappt, die in der Etagere vor ihr lagen. Graved Lachs mit Sahnemeerrettich, dazu ein winziges Sträußchen Dill und vier oder fünf rosa Perlen, die Kate nicht so recht einordnen konnte – wenn man davon absieht, dass sie sie als unfassbar köstlich einordnete.

»Was ist das?«, fragte sie, ohne es zu wollen.

»Sie meinen den Kaviar? Beluga, nehme ich an. Russisch. Sicher von bester Qualität.«

Ganz sicher, befand Kate und nahm sich noch ein zweites. Und ein drittes, ehe sie unterbrechen musste, weil Euna schon wieder vor ihr stand.

»Mesdames«, sagte Euna sehr weltläufig und blickte von der alten zu der jungen Frau und zurück. »Dürfen wir Ihnen etwas zu trinken bringen? Kiharu von der Bar hat heute einen speziellen Christmas-Eve-Cocktail entworfen. Whisky-Eis in Zimtkaffee mit Valrhona-Flocken unter einer gefrorenen Kokoskruste. Aber wir bringen Ihnen gerne auch ein Glas 69er Dom Pérignon. Oder was immer Sie sonst gerne hätten.«

»Ach, das klingt ja himmlisch«, befand die alte Dame. Und während Kate noch überlegte, wie sie sich diesen verlockenden Cocktail vorstellen sollte, orderte sie: »Zweimal den Champagner, Euna. Es gibt bekanntlich kein Getränk, mit dem man besser anstoßen kann.« Und als hätte sie Kates Gedanken gelesen, beugte sie sich herüber, legte ihre Hand auf Kates und erklärte: »Den Cocktail können wir ja später noch nehmen, nicht wahr?«

»Hm«, sagte Kate und wünschte, sie hätte eine Haarnadel gehabt. Damit hätte sie erstens ihren lediglich gesteckten Haarturm fixieren und zweitens die alte Schachtel abmurksen können.

Wozu sie allerdings ohnehin nicht gekommen wäre, denn im nächsten Moment erloschen alle Lichter außer die am Weihnachtsbaum, und der Pianist setzte mit einer irgendwie nicht ganz unbekannten Melodie ein, die sich als Vorspiel zu einem der großen Weihnachtsklassiker entpuppte, die auch an Kate in ihrem sonst von Klassikern weitgehend unbeleckten Leben nicht vorbeigegangen waren. Und hinter dem Baum trat hervor: der Portier! Ein Mikrofon in der Hand, gekleidet in einem perfekt sitzenden Smoking und mit einem Lächeln im Gesicht, als wäre er Sammy Davies jr. (den Kate natürlich nicht kannte).

Have yourself a merry little Christmas
Let your heart be light
From now on, our troubles will be out of sight,

sang der Mann vom Empfang, als hätte er in seinem Leben nichts anderes getan. Und während Euna zwei Gläser Champagner auf den Tisch stellte, lauschte Kate mit angehaltenem Atem diesem unfassbar schönen Song:

Have yourself a merry little Christmas
Make the Yuletide gay
From now on, our troubles will be miles away

Die alte Dame griff nach ihrem Glas und hob es, doch Kate nahm es gar nicht wahr, sondern musste schlucken.

Wie wunderbar wäre es gewesen, sie hätte diese Worte für bare Münze nehmen können!

Here we are as in olden days
Happy golden days of yore
Faithful friends who are dear to us
Gather near to us once more

Manchmal kommt man sich im Leben vor wie in einem Film. So ging es Kate in diesem Augenblick im kleinen Grandhotel 24 Charming Street auf der Isle of Skye, wohin sie nie hatte reisen wollen und wohin der pure Zufall sie verschlagen und wo ein völlig unberechenbares Schicksal sie festgehalten hatte.

Manchmal freilich kommt man sich auch vor wie im falschen Film. Und das war es, wie Kate sich schon wenig später fühlte. Doch vorher wurden noch allerlei Reden gehalten. Zunächst von Richard selbst: »Ladies und Gentlemen, wir freuen uns, dass Sie heute Abend ein wenig Zeit mit uns zu verbringen bereit sind. Der Abend vor Weihnachten ist im 24 Charming Street immer ein ganz besonderer. Wir widmen diesen Abend der Freundschaft. Viele unserer Gäste besuchen uns seit langen Jahren zur Weihnachtszeit. Diese, aber auch unsere neuen Gäste betrachten wir nicht nur als Besucher, die in diesem Haus besonders gute Dienstleistung erwarten – und sie hoffentlich auch bekommen! –, sondern wir sehen sie als Freunde, die im 24 CS ein Zuhause haben. Ein Zuhause, in das sie immer wieder zurückkehren, wenn alles gut war.

Das Jahr ist beinahe um. Und für viele war es kein einfaches Jahr. Wir wissen, dass auch viele von Ihnen, liebe Freunde, es nicht immer leicht hatten. Aber an diesem ganz besonderen Abend soll es so sein wie in dem Lied, das ich für Sie singen durfte: Unsere Sorgen mögen meilenweit weg sein!

Seien Sie ganz im Hier und Jetzt, denken Sie an nichts außer daran, wie sehr Sie willkommen sind. Wir sind dankbar, dass Sie diesen Abend und die Weihnacht mit uns verbringen – und dass wir sie mit Ihnen verbringen dürfen! Genießen Sie Kiharus besondere Kreationen, genießen Sie die Grüße aus der Küche – vor allem aus unserer Patisserie. Lauschen Sie den Geschichten, die Ihnen Jeeves, der gute Geist des Hauses, vortragen wird. Und lassen Sie sich von unserem fabelhaften Monsieur Nicholas verzaubern! Und wer weiß: Vielleicht werden Sie ja am Ende selbst ein kleiner Teil dieser Inszenierung sein?« An der Stelle warf er einen verdächtigen Blick zu dem Tisch hin, an dem Kate saß, die unwillkürlich zusammenzuckte. Und er kam sogar ein paar Schritte auf sie zu, bis an den Bühnenrand, um zu sagen: »Madame? Würden Sie mir die Ehre erweisen, ein Duett mit mir zu singen?«

Kate, die eben noch ganz gerührt war, brachte keinen Laut hervor, sondern schluckte nur und hob abwehrend die Hand. Da hörte sie die alte Dame neben sich sagen: »Das ist nicht Ihr Ernst, Richard?«

»Absolut, Madame! Es war mir nie ernster!«

So erhob sich die Lady (erst jetzt fiel Kate auf, wie sensationell auch ihr Kleid aussah. Man hätte die Frau in dem Fummel glatt für fünfzig Jahre jünger halten können – und über wen lässt sich so etwas schon sagen?). Vollendet elegant stieg die alte Dame auf die Bühne und verbeugte sich leicht in alle Richtungen, während die anderen Gäste (es musste buchstäblich das gesamte Hotel anwesend sein) ihr aufmunternd Beifall spendeten.

Als der Pianist aus einer anfänglichen Fantasie, mit der er den Auftritt begleitet hatte, eine Melodie zu formen begann und der älteren Dame von irgendwo her ein zweites Mikrofon gereicht wurde, setzte bei Kate ein leichter Schüttelfrost ein. Als Richard begann, »I'll Be Home For Christmas« zu singen, bemerkte sie, dass es kein Schüttelfrost war, sondern ein wohliger Schauder, der nur ganz einfach nicht mehr enden wollte. Und als Martine Bonnechance die zweite Strophe anstimmte, schossen ihr buchstäblich die Tränen in die Augen, und sie konnte kaum mehr an sich halten, so unglaublich schön sangen die zwei alten Leutchen dort auf der kleinen Bühne vor dem Weihnachtsbaum.

Christmas eve will find me
Where the love light gleams
I'll be home for Christmas
If only in my dreams

What the fuck?!, dachte Kate und traute ihren Ohren kaum. Ja, Christmas Eve hatte auch sie gefunden in jenem Augenblick. Und er hielt sie mit all seiner Macht und all seinem Zauber fest.

I'll be home for Christmas
You can plan on me
Please have snow and mistletoe
And presents by the tree

Der Portier in der ersten Stimme, die alte Lady in der zweiten im Duett. Die Gäste mit glänzenden Augen sich im Takt wiegend. Der Älteste im ganzen Saal am Klavier, als wäre er Herbie Hancock persönlich …

Der Applaus war natürlich überwältigend, Richard trat weit in den Hintergrund, um ihn ganz seiner Partnerin zu überlassen, ehe er wieder nähertrat, ihre Hand nahm, einen Kuss darauf hauchte und sie dann an den Bühnenrand geleitete.

»Manchmal«, sagte er. »Manchmal geschehen ja im 24 Charming Street wahre Weihnachtswunder, Ladies und Gentlemen. Sie wurden soeben Zeugen eines solchen Ereignisses. Merci, Madame! Merci!«

»De rien«, erwiderte Martine Bonnechance, nickte freundlich in alle Richtungen und setzte sich wieder an ihren Platz.

»Miss?«, rief Kate der Bedienung zu. »Miss? Haben Sie noch einmal zwei Gläser Champagner für uns?«

»Gewiss, Madame! Kommt sofort.«

»Darauf müssen wir anstoßen«, erklärte Kate der überraschten alten Dame.

»Pardon?«

»Auf Ihren Auftritt. Ich weiß nicht, ob Ihnen klar ist, wie geil der war.«

»War er das? Geil?«

»Total abgefuckt! Echt!«

»Oh. Abgefuckt. Verstehe«, erwiderte Martine Bonnechance und unterdrückte nur mühsam ein mokantes Lächeln. »Freut mich, dass es Ihnen gefallen hat.«

»Gefallen? Hey, Lady! Sie könnten damit echt Kohle machen, verstehen Sie?« Auf einmal kam ihr ein Gedanke: »Wissen Sie was? Zufällig kenne ich einen Musikproduzenten in Glasgow.«

»In Glasgow? Tatsächlich?«

»Absolut, Lady! Er ist zwar eher auf Rap spezialisiert, bisschen House und R 'n' B. Aber wenn Sie dem mal ein Demo machen würden ... Also, ich schwöre, dass er darauf abgeht wie eine Rakete.«

»Das klingt wirklich ...« Die alte Dame zögerte. »Verlockend?«, schlug sie vor.

»Total«, stimmte Kate zu. »Wissen Sie was? Ich mache Ihnen den Kontakt. Sagen Sie einfach, Sie kommen von Kate ...« Sie schluckte. »Mein Spitzname«, erklärte sie.

»O ja, natürlich. Mich nennen auch manche ... Aber das spielt ja gar keine Rolle.«

Applaus ließ die beiden aufhorchen: Nick hatte die kleine Bühne betreten und verbeugte sich nach allen Seiten. Die Lichter waren wieder etwas gedimmt worden, sodass sich die feierliche Stimmung in eine etwas geheimnisvolle verwandelte. »Guten Abend, Ladies and Gentleman«, sagte er und nahm den Zylinder ab, um ihn elegant in der Hand zu drehen. »Weihnachten ist die Zeit der Wunder. Weihnachten ist Magie! Deshalb möchten auch wir Sie heute Abend verzaubern. Zum Beispiel Sie, Ma'am!«, rief er und deutete auf die schwedische Lady, die mit ihrem Gatten ganz nah bei der Bühne saß. Sie lachte etwas unsicher. »Ich?« Jeder Millimeter an ihr war pure Verlegenheit.

»Wenn Sie mir freundlicherweise den Stern in Ihrer Tasche geben würden?«

»Stern?« Die Dame blickte verwirrt auf ihren Mann, dann auf ihre Handtasche, dann wieder auf Nick, der ihr aufmunternd zunickte. Sie öffnete ihre Tasche, stieß einen kleinen Schrei aus und entnahm ihr einen leuchtenden Stern, etwa so groß wie ihre Hand. »Aber wie …«

»Magie, Ma'am«, erklärte der Page, während ringsum hie und da leises Lachen erklang. Er nahm ihr den Stern aus der Hand, zeigte ihn in alle Richtungen, fuhr dann mit der anderen Hand (den Zylinder hatte er wieder aufgesetzt) darüber, worauf das kleine Objekt verschwand – nur um im nächsten Moment auf einem der anderen Tische aufzuleuchten. Und auf noch einem und noch einem Tisch, so rasch hintereinander, dass ein Raunen durch die Hotelhalle ging, aus dem ein heftiger Beifall wurde in dem Moment, in dem Nick mit Schwung den in seiner Hand nicht mehr vorhandenen Stern Richtung Spitze des Weihnachtsbaums warf – und dort der größte und schönste aller Sterne erstrahlte.

Nick verbeugte sich. Dann streckte er die Hand aus und bat die Barfrau, zu ihm zu treten. »Wären Sie so freundlich, Kiharu? Und bringen Sie Ihren Shaker mit?«

Mit neugieriger Miene trat die Japanerin auf die Bühne und hielt ihren Shaker vor sich. »Und jetzt?«

»Jetzt machen Sie ihn auf.«

Kiharu tat, wie ihr geheißen. Nick bat sie, dem Publikum zu zeigen, dass das Gefäß völlig leer war. Dann fragte er: »Was ist in Ihrer neuesten Kreation enthalten?«

»Im Santa Flip? Nicholas, das ist ein streng gehütetes Geheimnis!«

»Sagen Sie mir nur drei Zutaten.«

»Nun, es ist ein Flip. Er wird also mit Sahne und Eigelb gemacht ...«

»Der Santa Flip!« Nick tat, als gösse er Sahne in den Shaker. Dann klopfte er ein unsichtbares Ei am Rand des Behälters auf und trennte das Eigelb vorsichtig vom Eiweiß, ehe er eines davon ebenfalls in den Shaker gab.

»Whisky natürlich, wir sind schließlich in Schottland«, erklärte Kiharu, worauf Nick aus einer unsichtbaren Flasche etwas Flüssigkeit dazu gab. »Flambieren?«

»Den Flip? Aber nein«, lachte die Barfrau.

Nick zuckte mit den Schultern und erklärte: »Heute schon.« Er schnippte mit den Fingern – und über den Shaker flackerte eine kleine Flamme. »Machen Sie ihn zu!«, wies er die verblüffte Kiharu an. Sie folgte seiner Anweisung. »Und nun schütteln, oder?«

Mit dem für sie so typischen skeptischen Lächeln schüttelte sie den ja immer noch leeren Behälter, elegant, kräftig, virtuos.

»Darf ich?« Nick nahm ihr den Shaker aus der Hand und öffnete ihn. »Oh!«, sagte er. Von irgendwo her war ein Glas an den Bühnenrand gestellt worden. Er kippte

den Inhalt des Shakers hinein und reichte es Kiharu. Im Glas aber saß ein winzig kleines Tier – ein Hamster oder gar eine Maus? – mit einer roten Mütze auf dem Kopf.
»Bitte schön, ein Santa Flip für Sie, Kiharu.«

Für ein hingerissenes Publikum zauberte Nick noch Engel, die wie aus dem Nichts neben ihm auf der Bühne standen (und nur zufällig aussahen wie Euna vom Service und Gladys aus der Küche), ein Paar Pantoffeln mit Schottenkaro an die Füße eines Gasts, der doch eigentlich mit handgenähtem Lederschuhwerk gekommen war (das er später vor seiner Zimmertür wiederfinden würde), und vor allem: ein Lächeln auf buchstäblich jedes Gesicht – am meisten übrigens auf jenes eines Mädchens namens Lilian, das sich unvermittelt in der Rolle der Weihnachtsfee wiederfand (als seine Assistentin nämlich).

Danach gab es eine kleine Pause, damit auch die kulinarischen Kostbarkeiten ihr Publikum fanden, ehe es musikalisch weiterging.

Viele köstliche Kleinigkeiten und etliche Gläser exquisiter Getränke später, nach »Jingle Bells« (gespielt von den drei Küchenjungen auf Wassergläsern), »Santa Claus Is Comin' To Town« (von den Zimmermädchen mit einem Dudelsacksolo von David intoniert), nach einer Weihnachtsgeschichte aus der Feder des Hausmeisters Jeeves (der sie gemeinsam mit seiner Tochter Anabel vortrug) und mancherlei anderen Überraschungen fand sich Kate spät am Abend an der Bar wieder – nach wie vor in Gesellschaft der alten Dame. Der Unterschied war, dass – nicht zuletzt, nachdem die betagte Lady noch ein weiteres Lied vorgetragen hatte – Kates Meinung über sie kaum zu überschätzen war.

»Ihr ›Santa Baby‹ war eine Sensation, Martine«, erklärte sie.

»Ach, in Wahrheit bin ich heute nicht besonders bei Stimme«, erwiderte die alte Dame.

»Ich würde gerne so singen können«, gestand Kate.

»Sie singen großartig, Odile!«

Kate lachte und machte Kiharu ein Zeichen, dass sie noch einen von diesen genialen Weihnachtscocktails wollte. »Das können Sie gar nicht wissen.«

»Ich weiß es!«, beharrte die alte Dame. »Sie singen bei jeder Gelegenheit.«

»Tu ich das?«

»Absolut! Und Sie singen großartig.«

Kate lächelte wehmütig. »Ich nehme das als Kompliment.« Sie seufzte. »Wissen Sie, ich wäre gerne Sängerin geworden. Also, genau genommen bin ich es. Aber so erfolglos, dass es außer mir praktisch niemand weiß.« Nun war es raus. Sie war die größte Loserin auf dem Planeten. Die Lady hatte den Saal gerockt – und Kate musste sich eingestehen, dass ihr so ein Auftritt nie gelungen war. Nie gelingen würde! Wenn sie bei Dalton's sang, dann war das ungefähr so aufsehenerregend, als wenn eine Heulboje und ein Dudelsackspieler im Hank's Up ihre albernen Lieder zum Besten gaben. Man trank sein Bier, man unterhielt sich und der ein oder andere hoffte, dass sich die Sängerin auf der Bühne mal ein bisschen runterbeugte, damit man ihr auf den BH gucken konnte.

»Was ist Ihr Lieblingsweihnachtslied, Odile?«

»Meines?« Kate überlegte. »Ach, das ... ich weiß nicht ... das ist zu albern.«

»Nein, im Ernst, sagen Sie!«

»›Winter Wonderland‹?«

»Gute Wahl«, befand Martine Bonnechance.

»Wirklich?«

»Sind wir das nicht? In einem winterlichen Wunderland? Kommen Sie.« Die alte Dame hielt Kate die Hand hin.

»Wohin?«

»Kommen Sie!«

Wenige Augenblicke später standen sie beide am Piano, die »Französinnen«, und stimmten ein Duett an, das alle Umsitzenden zum Verstummen brachte.

Sleigh bells ring, are you listenin'?
In the lane, snow is glistening
A beautiful sight, we're happy tonight
Walking in a Winter Wonderland

Es war so schön, dass Kate am liebsten die ganze Nacht weitergesungen hätte. Und der Applaus tat so gut, dass sie gar nicht wusste, wie sie damit umgehen sollte. Nun, dem einen Weihnachtswunder hatte offenbar noch ein zweites folgen müssen. Und doch: »Sie sind wirklich großartig, Martine. Glauben Sie mir, ich kenne mich da aus!« Der Glasgower Rapper, von dem sie sich für die alte Dame offenbar einiges erwartete, hatte sich in einer alten Fischhalle ein super Studio eingerichtet und suchte nur noch nach dem perfekten Star. »Wissen Sie, der Musikproduzent, er hat es auch mit mir versucht, wenn ich ehrlich bin, aber ich hatte die Moves nicht drauf …«

»Nun, ob ich die drauf habe …«, erwiderte die alte Dame lachend.

»Pah, in Ihrem Fall sind die Moves nicht wichtig. Jedenfalls ist nicht wichtig, wie Sie aussehen. Da ist jeder Move der Hit.«

»Nun, da bin ich ja froh, dass es aufs Aussehen nicht ankommt«, stellte die alte Dame etwas schmallippig fest.

»Haben Sie mal Ihre WhatsApp für mich?«

»Meine was?«

»Oder Ihre E-Mail-Adresse?«

»Meine Adresse kann ich Ihnen gerne geben.«

Paris natürlich. Wäre vielleicht mal eine geile Gelegenheit gewesen, dorthin zu fahren. Nur dass Kate dort nicht das Geringste zu melden hatte. Und vielleicht war es ja ganz einfach nur eine Schnapsidee, das alles.

»Ich geh noch auf eine Zigarette nach draußen«, sagte sie.

»Nichts für mich. Mädchen in meinem Alter gehören ins Bett«, erwiderte Martine Bonnechance.

»Dann gute Nacht.«

»Gute Nacht. Und Merry Christmas.«

»O ja! Merry Christmas!«

Die Nacht war klar und kalt. An einen Mantel hatte Kate gar nicht gedacht, als sie nach draußen trat. Im ersten Augenblick war sie noch so erhitzt vom zurückliegenden Abend, dass sie die Kälte kaum bemerkte. Sie zündete die Zigarette an, die sie sich von Kiharu hatte geben lassen (Chesterfield, wie unfassbar old fashioned!), betrachtete das kleine Streichholzbriefchen (»24 CS – The Art of Friendship«) und nahm einen tiefen Zug. Unwillkürlich fröstelte sie und schlang die Arme um ihren Leib.

Still war es auf der Insel, kein Laut war zu hören. Über dem Sound of Raasay glitzerten die Lichter der Festlandwohnungen, die Wellen schimmerten im Mondlicht. Sie summte leise »Silent Night«, bis ihre Zähne klapperten. Noch ein Zug aus der Zigarette. Und dann, ohne dass sie es bemerkt hätte, trat jemand zu ihr und legte ihr eine Jacke über die Schultern.

»So ein schönes Kleid. Aber für hier draußen eindeutig zu dünn.«

»Danke. In drei Sekunden wäre ich erfroren«, sagte Kate und wandte sich um.

»Dann bin ich froh, dass ich rechtzeitig gekommen bin.«

»Ich auch.«

Eine kleine Weile standen sie schweigend in der Nacht. Nach und nach erloschen die Lichter im Hotel, viele Zimmer lagen schon im Dunkeln.

»Ein toller Auftritt«, erklärte Nick und fügte hinzu: »Eine Wahnsinnsstimme. Wow.«

»Hm. Dein Auftritt war auch nicht übel.«

»Danke. Dilettantisch.«

»Kein bisschen!«, erwiderte Kate nachdrücklich. Sie drückte sich ein wenig an ihn. Seine Nähe tat ihm gut. Seine Wärme. Seine Anerkennung. »Ich wünschte ...«

»Was?«

»Ich wünschte, du könntest mich auch wegzaubern.«

»Weg? Von hier? Das wäre jammerschade!«

»Vielleicht nicht von hier«, murmelte sie. »Ich weiß auch nicht ...«

»Sollen wir reingehen?«

Sie nickte. »Bringst du mich hoch?«

Da war dieser winzige Augenblick, dieser Wimpernschlag der Unsicherheit, der darüber zu entscheiden hatte, wie diese Geschichte weitergeht. Dann war es entschieden.

»Wirklich?«

Sie nickte noch einmal.

»Wow«, wiederholte Nick, holte tief Luft und überlegte nicht mehr, ob er seinem Kopf folgen sollte oder seinem Herzen. Er folgte einfach.

Mit einem etwas melancholischen Blick in den Spiegel zog Richard Atkins in dieser Nacht die Schleife aus seinem Kragen, ehe er sein Jackett sorgsam auf den Bügel hängte und sich einen kleinen Whisky genehmigte – den ersten und letzten an diesem Tag. Er lauschte auf die leisen Geräusche des Hauses, auf die gedämpften Schritte, die auf dem Flur draußen zu hören waren, auf einige vage zu erahnende Worte, auf das Klirren des letzten

Geschirrs, das in die Küche zurückgetragen wurde, eine Tür, die ins Schloss sank, auf ein Husten, ein Räuspern, ein Seufzen irgendwo …

In der Bar löschte Kiharu die Lichter. Sie hatte noch die letzten Melodien im Ohr, die Mr Richmond auf dem Flügel in der angrenzenden Lobby gespielt hatte: Nicht alles war weihnachtlich gewesen, aber alles hatte weihnachtlich geklungen. Es war, als würden die Lieder noch im Raum schweben.

In dem kleinen Zimmer zur Straße hin blickte Martine Bonnechance lächelnd in den Spiegel. So viel Zeit war vergangen, so viele Jahre, so viel war geschehen. Und doch … Sie seufzte und überlegte, ob sie es noch wagen sollte, nach diesem langen Tag, nach all den Drinks … Andererseits: Wer vermochte schon zu sagen, wie viel Zeit einem auf Erden blieb. Und die alte Dame war immer der Ansicht gewesen, dass einem das Leben gegeben worden war, um es zu leben. Eine Einstellung, die ihr gewiss nicht stets zum Vorteil gereicht hatte. Doch sie hatte ihr unbestreitbar viele vergnügliche Stunden, einige unvergessliche Abenteuer und natürlich auch manch gebrochenes Herz eingebracht. Obwohl: Ihr Herz war längst entzwei, seit sie … »Altes Mädchen«, sagte sie zu ihrem Spiegelbild. »Manche Wunden heilen nie. Und andere brauchen nur die richtige Medizin.« Sie würde sie sich holen – in dieser Nacht.

Euna legte ihren Kopf auf den Tisch im Bedienstetenzimmer. Sie war so müde, dass sie am liebsten auf der Stelle hier eingeschlafen wäre. Seit dem Morgen um sechs Uhr dreißig hatte sie gearbeitet, nun war es kurz vor zwei Uhr. Und um sechs Uhr dreißig würde es wieder für sie losgehen, denn sie hatte am ersten Weihnachtstag die Aufsicht über den Frühstücksraum. Gerne hätte sie ihren Freund angerufen, der mit der Familie (mit *ihrer* Familie!) den Abend verbracht hatte. Doch sie hatte nicht mehr die Energie, zum Telefon zu gehen (an der Wand der Bedienstetenkammer hing ein alter Apparat mit Wählscheibe, wie man ihn sonst nur noch in Antiquitätenläden fand). Stattdessen schloss sie die Augen. Nur ganz kurz. Sie würde sie gleich wieder öffnen. Um sechs Uhr zehn.

Während das Hotel also langsam zur Ruhe kam, rückte der Weihnachtsmorgen näher.

Böses Erwachen

Selten hatte er so gut geschlafen. Und selten so kurz. Als er langsam zu Bewusstsein kam, behielt er die Augen noch ein klein wenig geschlossen. Der Tag würde früh genug beginnen. Einerseits. Andererseits: Wo war er hier eigentlich?

Erschrocken riss Nick die Augen auf und schnappte nach Luft. Der Traum, dieser unfassbar schöne (und schrecklich unanständige) Traum war etwas gewesen, was er nicht hätte sein dürfen: wahr! Schockiert blickte er sich in der Suite um. Zwei elegante Lampen spendeten mildes Licht. Vor dem Fenster herrschte noch tiefe Dunkelheit. Der Platz neben ihm im Bett war leer. Aber es war deutlich zu erkennen, dass jemand auf der anderen Seite geschlafen hatte. Nun ja, wenn man von Seite sprechen konnte. Und von Schlafen.

»Kate?«, sagte er mit rauer Stimme. Zu leise. »Kate?« Und noch ein drittes Mal, noch ein bisschen lauter: »Kate?«

Nichts. Womöglich war sie im Badezimmer? Er kletterte aus dem Bett, jeden Knochen im Leib spürend und jede Sehne. Außerdem offenbar jede einzelne Gehirnwindung, was sich eventuell mit der Champagnerflasche erklären ließ, die leer auf dem Nachttisch stand. »Oh

Gott«, stöhnte er und schüttelte den Kopf (keine gute Idee).

Er stolperte ins Bad, das aber so leer war wie der Rest der Suite. Die junge Frau, die hier residierte, war nicht da. Der Weihnachtsgast! »Was hab ich getan!« So hastig, wie es eben ging, machte Nick sich so frisch, wie es eben ging, und schlüpfte dann wieder in die Kleider vom Vortag. Den Smoking! Nützte ja nichts, jetzt hieß es improvisieren.

Mit pochendem Herzen blickte er durch den Türspion der Suite und zählte bis drei, ehe er beherzt öffnete und flugs nach draußen trat. Das heißt: nach draußen fiel. Denn vor der Tür stand ein Körbchen mit Weihnachtsgeschenken, was er durchaus hätte wissen können, schließlich hatte das Hotel vor jede Tür ein paar kleine Präsente platziert. Ächzend rappelte er sich wieder auf, den Schmerz in der Schulter so gut wie möglich ignorierend.

»Alles in Ordnung, Nick?«, frage in dem Moment Gladys, die des Weges kam.

»Alles bestens, Glad«, erwiderte Nick. »Zu dumm zum Gehen, das ist alles.«

Gladys lachte und winkte ihm zu. »Ich bin in Eile.«

»Lass dich nicht aufhalten.« Von Pagen, die auf dem Flur herumliegen, dachte er, ärgerlich auf sich selbst und darauf, dass ausgerechnet jetzt die Kollegin auf diesem Flur hatte unterwegs sein müssen. Es hätte das einzige Ärgernis an diesem Morgen bleiben können oder zumindest das größte. Doch in dem Moment, in dem Nick die Hand in seine Jackentasche gleiten ließ, wurde ihm klar, dass er ein Problem ganz anderer Tragweite hatte: Der Schlüssel zum Wagen war weg!

»Ähm, Gladys?«, rief er der jungen Frau vom Room Service hinterher.

»Ja?« Sie war schon fast um die nächste Ecke.

»Könntest du mir rasch aufsperren?«

Sie kam zurück. »Die Weihnachtssuite?«

»Genau die.«

»Warst du nicht gerade drinnen?«

Er hob in einer hilflosen Geste die Arme, was alles bedeuten konnte.

»Und die Lady?« Gladys deutete auf die Tür.

»Ist nicht da. Ich ... ich musste nur etwas bei ihr abgeben und habe aus Versehen den Schlüssel drin gelassen.«

»Oh ja, verstehe«, erwiderte Gladys, ohne dass sie auch nur ansatzweise danach ausgesehen hätte. Sekunden später stand Nick wieder in der Suite und sah sich um. Dort war der Sessel, auf dem seine Kleidung gelegen hatte. Kurioserweise lag eine Spielkarte dort, die er für seine Zaubertricks genutzt hatte, ein As. Herz. Was sonst. Er verdrehte innerlich die Augen. Was nicht dort lag, war ein Schlüssel. Auch sonst war er nirgends zu sehen. Also doch: Die Madame, die kein Französisch sprach, hatte ihm den Schlüssel geklaut.

Zumindest bestand noch die winzige Möglichkeit, dass sie sich nur einen kleinen, wenn auch bösartigen Scherz mit ihm erlaubte. Abermals stürmte er aus der Suite, fiel beinahe nicht noch einmal über den Geschenkkorb, hastete weiter Richtung Treppe, hinunter ins Erdgeschoss und dann zum Gartenausgang – der kürzeste Weg zur Garage. Vor allem konnte er von hier aus die Garage auch betreten, ohne einen Schlüssel zu haben. Was er sich rückblickend vielleicht doch besser gespart hätte. Denn es gab hier nichts zu sehen – jedenfalls kein Automobil. Der Vauxhall Light Six, der Stolz des 24 Charming Street, der Stolz seines Vaters und, ja, auch sein ganzer Stolz, war weg. Und das Tor stand offen.

Fassungslos tappte Nick nach draußen. Die Auffahrt des Hotels war verwaist, natürlich, zu so früher Stunde … Weit und breit war der Wagen nirgendwo zu sehen. Verzweifelt ging der Page bis vor zur Straße und überlegte. Am Vorabend war gut geräumt worden, in der Nacht hatte es nicht weiter geschneit, Reifenspuren waren deshalb nicht zu erkennen. »Oh mein Gott«, stöhnte er erneut, lauter diesmal. Er wandte sich um und betrachtete das Hotel. Hinter beinahe allen Fenstern herrschte Dunkelheit, die Gäste schliefen noch. Selbst im Dachgeschoss, wo einige Mitarbeiterinnen und Mitarbeiter ihre Unterkünfte hatten, war es nahezu überall finster. Das hieß, nein, bei Mr Atkins brannte Licht. Ob der Portier überhaupt geschlafen hatte?

Von Staffin her sah Nick ein Scheinwerferpaar näherkommen. Was für ein Glück! Erleichtert und wütend zugleich rannte er dem Fahrzeug entgegen – bis er erkannte, dass es mitnichten der gute alte Vauxhall war, sondern der gute alte Harold, der mit seinem Bus Richtung Portree fuhr, zweifellos, um dort seinen Dienst zu beginnen. Als der Busfahrer den jungen Mann auf der Straße erkannte, hielt er an.

»Frohe Weihnachten, Mr McLaughlin! So früh schon unterwegs?«

»Harold! Frohe Weihnachten, ja. Was bin ich froh, Sie zu sehen. Ist Ihnen vielleicht mein Vauxhall begegnet?«

»Der Vauxhall? Begegnet?« Harold mit seinem Walrossbart hätte nicht verblüffter aussehen können. »Also, mir ist niemand begegnet. Auch kein Fahrzeug ohne Fahrer.«

Wenn sie ihm nicht begegnet war, musste sie schon länger weg sein. Doch das war unmöglich, denn sie hatten ja noch bis vor Kurzem … »Sicher?«

»Sicher.«

Sie war also wirklich abgehauen. Und das hieß, dass sie Richtung Portree gefahren war. Dort war sie schon fast auf halber Strecke bis zur Brücke aufs Festland. Nick wurde ganz schwarz vor Augen.

»Alles in Ordnung, Mr McLaughlin?«

»Alles bestens, Harold«, erwiderte Nick. »Ich habe nur eine Bitte.«

»Jederzeit, junger Mann!«, rief der Busfahrer, der nichts mehr liebte, als gebraucht zu werden. »Was kann ich für Sie tun?«

»Sie könnten mich nach Portree mitnehmen.«

»Immer gerne. Steigen Sie ein!«

»Und Sie könnten vielleicht versuchen, so schnell wie möglich dorthin zu fahren?«

Harold versuchte es nicht. Er tat es. Beobachter aus

dem Weltall hätten womöglich ballistische Übungen vermutet, wenn sie die Scheinwerfer des Busses auf ihrem Weg über die Insel verfolgt hätten. Nick jedenfalls fand sich in einem Szenario wieder, in dem der unerschütterliche Plauderton des Busfahrers auf absurde Weise mit seinen halsbrecherischen Fahrmanövern kontrastierte.

»War es schön gestern Abend?«, fragte Harold, der natürlich die Gepflogenheit kannte, an Christmas Eve eine kleine Aufführung für die Gäste des Hotels auf die Bühne zu bringen.

»Absolut, Harold. Ein sehr schöner Abend«, versicherte ihm Nick. Und eine noch schönere Nacht, dachte er. Wenn man vom Ende absah.

»Ich erinnere mich noch gut, wie ich einmal zu Gast war. Reiner Zufall! Einer Ihrer Gäste hatte mich gebeten …«, plauderte Harold, während er mit seinem betagten Bus über die Insel heizte und jede einzelne Kurve im steilstmöglichen Winkel nahm. Nick hörte gar nicht hin. Er guckte auch nicht hin, sondern betete. Was er nicht sehr oft tat. Aber wenn er es tat, dann aus gutem Grund. Gute Gründe gab es auf dieser Fahrt immerhin so viele wie Kurven. Bis endlich Portree vor ihnen auftauchte. Endlich!

Als die Tür sich vor dem Bahnhofsgebäude zischend öffnete, stolperte Nick ins Freie, hob die Hand zum Gruß, schluckte, weil auch sein Magen sich hob, holte tief Luft und sah sich um. Kate jedenfalls war nicht zu sehen. Vielleicht hatte jemand sie bemerkt? Er lief ins Bahnhofsgebäude, wo eine schwarze Frau in exotischer

Kleidung saß und einem Mann vom Reinigungsdienst bei der Arbeit zusah.

»Sorry, Ma'am, haben Sie vielleicht …«

Sie winkte ab, weil sie entweder kein Englisch verstand oder vielleicht nur keines mit schottischem Akzent.

Der Reinigungsmitarbeiter hatte niemanden bemerkt: weder eine junge Frau mit Tattoo noch einen Oldtimer, der hier vorübergekommen wäre.

Auf dem Bahnsteig war niemand. Wieso auch, zu so früher Stunde?

Nick überlegte, dass er sich den Wagen seines Vaters ausleihen könnte, der zu Hause in der Garage stand. Andererseits: Wenn Kate erst einmal drüben war auf dem Festland, wer wusste schon, wohin sie dann fuhr? Sie konnte Richtung Glasgow fahren, die naheliegendste Überlegung. Aber vielleicht tat sie es ja genau deshalb nicht – weil es so naheliegend war. Vielleicht wandte sie sich nach Nordosten Richtung Inverness.

Verzweifelt trat Nick wieder vor das Bahnhofsgebäude – und erblickte gegenüber den Wagen. Da stand er, der Vauxhall, am Straßenrand, als wäre nichts passiert. Kate freilich war nicht darin, dafür aber der Schlüssel! »Wo bist du?«, fragte er leise, während er sich kurz hinters Steuer setzte und versuchte, einen klaren Gedanken zu fassen. Da entdeckte er auf Gleis 1 den wartenden Zug. Natürlich!, dachte er. So ist sie gekommen, so haut sie wieder ab. Er stieg aus, rannte hinüber und fand eine einzige Tür des Zugs offen: die letzte.

»Kate?« Er stieg ein und blickte sich um. Die Abteile waren leer. Niemand da. »Kate?« Es war wie ein Déjà-vu.

Hatte er sie nicht vor einer halben Stunde oder so genau auf die gleiche Art gerufen, als er in der Suite erwacht war und sich allein gefunden hatte?

So schnell wie möglich stürmte er durch die Waggons, jede Tür öffnend, die geschlossen war, immer wieder ihren Namen rufend – und konsequent erfolglos. Kate war nicht in diesem Zug. Doch wo um alles in der Welt war sie dann?

Goodbye & Hello

Kate war nicht die Einzige, die einen kleinen Korb mit Geschenken vor ihrem Zimmer vorfand (oder vorgefunden *hätte*, wäre sie nicht allzu früh aus dem Haus gegangen). Vor jeder Tür stand an diesem Morgen ein Set hübscher Überraschungen, liebevoll verpackt und mit einem Kärtchen versehen – vor Martine Bonnechances Zimmer gar mit zwei Kärtchen, wobei nur eines als »offiziell« gelten durfte, während das andere …

Den Brauch hatte es vor Jahrzehnten, als die ältere Dame zum ersten Mal im 24 Charming Street logiert hatte, noch nicht gegeben. Umso entzückter war sie, als sie die Tür öffnete und den Gruß »vom Weihnachtsmann« entdeckte. Gerührt aber war sie, als sie den Umschlag öffnete, der nicht zum Geschenkkorb gehörte, sondern ein sehr persönlicher Gruß an sie war. Ein Gruß in bekannter Handschrift – und eine Fotografie aus ferner Vergangenheit: Als wäre es gestern gewesen …

Sie war nicht im Zug. Weder dort noch im Bahnhofsgebäude hatte Nick sie entdeckt. Nicht auf dem Bahnhofsplatz noch auf einem der Wege oder im nahe gelegenen

Wilkins', das vor wenigen Minuten für die ersten Kunden geöffnet hatte und mit dem Duft von frisch gerösteten Kaffeebohnen lockte. Kate war wie vom Erdboden verschluckt. Und Nick war so ratlos, wie man nur sein konnte.

Harold fuhr mit seinem Bus an ihm vorbei, die erste Runde, die er an diesem Tag über die Insel drehte – wobei außer dem Fahrer niemand an Bord war. Es war eben früh am Morgen, und am Weihnachtstag schlief man auch auf Skye gerne aus. Wenn man nicht ausgerechnet im 24 CS arbeitete. Nick winkte dem Busfahrer zu, der winkte zurück und bog ab Richtung Charming Street.

Nun, zumindest war der Wagen wieder da. Und der Schlüssel steckte. Ausnahmsweise, und wirklich nur ausnahmsweise verspürte Nick keine Freude, als er den Motor anließ und ein wenig Gas gab. Ja, er liebte diesen Wagen und alles, wofür er stand. Aber jetzt, da er wusste, dass vor Minuten noch die Frau an diesem Steuer gesessen hatte, die … Er rieb sich die Augen. *Nicht träumen, Nick! Gib dich keinen Illusionen hin! Sie ist der Weihnachtsgast – und du bist einfach ein Page in ihrem Hotel. Ein Chauffeur und, ja, vielleicht auch ein willkommenes Spielzeug.*

Er holte tief Luft und konzentrierte sich darauf, was von ihm erwartet wurde. Ein Blick zur Uhr ließ ihn zusammenzucken: In wenigen Augenblicken würde der Frühstücksraum im 24 CS öffnen! Alle wären wieder auf ihren Plätzen und würden die Gäste umsorgen. Und sie würden erwarten, dass auch Nick seine Aufgaben erledigte. Nun hieß es, schnell zu sein!

Während die Sonne hinter den Hügeln aufging, nahm Nick die Straße Richtung Staffin und holte aus dem alten Vauxhall, was unter den gegebenen Witterungsbedingungen aus ihm herauszuholen war. Eine Fahrt über die Isle of Skye ist immer schön, in der Morgendämmerung aber ist sie besonders schön. Denn das Licht erobert langsam Felsen um Felsen, Klippe um Klippe, bis es endlich das Meer hinter dem Eiland aus der Dunkelheit hebt und diesem uralten Herz der Inneren Hebriden eine majestätische Größe verleiht. Am liebsten hätte Nick angehalten und das Schauspiel beobachtet, hätte den Wind in seinen Haaren gespürt und die Kälte an seinen Wangen. Doch dafür war an diesem Morgen keine Zeit. Also nahm er die Strecke in Rekordgeschwindigkeit und hielt schon wenige Minuten später vor der Garage des 24 Charming Street, ließ den Wagen im Freien stehen und lief hastig nach drinnen. Denn wenn ein Smoking schon unter normalen Umständen für einen Bediensteten des Hotels äußerst unpassend war, so war er zur Frühstückszeit geradezu empörend! Gestern war der Anzug, den er sich von seinem älteren Bruder Paul ausgeliehen hatte (und der glücklicherweise perfekt passte) noch ein Detail einer raffinierten Zaubershow gewesen. Heute Morgen aber war er einzig eine peinliche Erinnerung daran, dass er den Abend keineswegs angemessen und nach den Regeln des Hauses beendet hatte. Nein, ganz und gar nicht.

»Richard ist heute nicht da?«

»Oh! Guten Morgen, Ma'am!«, erwiderte Henry, der an diesem Tag für die erste Schicht an der Rezeption eingeteilt war und einen erstaunten Blick auf die kleine Uhr auf der Theke nicht vermeiden konnte. »Doch, doch, Ma'am, sein Dienst beginnt heute nur etwas später.«

»Wären Sie so freundlich, ihm dies hier zu geben?«

Es war eines der Kuverts aus der Hotelmappe, die in jedem der Schreibtische auf den Zimmern neben Briefpapier, einigen Informationen und einer kleinen *History of the 24 CS* zu finden war.

»Das werde ich gerne tun, Ma'am.«

»Danke, Henry.«

»Mit dem größten Vergnügen, Ma'am.« Und er blickte ihr hinterher, wie es sich für den Portier eines Hauses vom Range des 24 Charming Street eigentlich nicht gehörte. Aber immer noch staunte Henry, wen sie sich dieses Jahr eingefangen hatten.

Ein freier Weihnachtsmorgen war eines der schönsten Privilegien, die man sich als Mitarbeiter mit über fünfzig Dienstjahren gönnen konnte – vor allem, wenn man ihn mit einem Spaziergang über die schönste Insel der Welt verbringen durfte. Denn das war Skye für Richard Atkins, seit er vor deutlich über siebzig Jahren hier zur Welt gekommen war.

Er stammte aus Glendale, einem Nest an der Westküste der Insel, wo die See rau und die Winter hart waren, härter als hier an der Ostküste. Als eines von fünf Geschwistern war er in einem Haushalt ohne Vater aufgewachsen, weil die Fischerei manchmal einen Tribut forderte, der zu hoch war. Und so war Richard als ältester Bruder schon mit fünfzehn Jahren in die Rolle des verantwortungsvollen jungen Mannes geschlüpft, der dabei hilft, die Familie zu ernähren. Dass er – nach einer kurzen Karriere als Hafenarbeiter in Uig und einer noch kürzeren als Stewart auf der Fähre nach Mallaig – eine Stellung als Page im 24 Charming Street gefunden hatte, durfte man mit Fug und Recht als die glückliche Wendung seines Lebens bezeichnen. Denn im 24 CS hatte Richard seine Bestimmung gefunden – und das Hotel in ihm die Seele seines Hauses. Doch das war erst einige Jahre später deutlich geworden, als aus dem schüchternen Jungen, der sich für keine Arbeit zu schade war, ein eleganter junger Mann geworden war, der keine Minute ungenutzt ließ, um mehr aus sich und seinem Leben zu machen, indem er in seiner Freizeit Sprachen lernte und Umgangsformen, Wissen aufhäufte, sich mit der Hotellerie als solcher auseinandersetzte, die Geschichte des Hauses studierte (und niederschrieb) und sich immer mehr unentbehrlich machte.

Ein wenig erinnerte Nicholas ihn an sich selbst als jungen Mann. Das jedenfalls dachte Richard, als er von einer nahe gelegenen Anhöhe aus aufs Hotel blickte und den Vauxhall vorfahren sah, dem zu seiner Überraschung der Page in völlig unpassender Kleidung entstieg – nämlich der vom Vorabend. Wie schön, dachte Richard, dass ich frei habe, ich muss ihn nicht rügen. Henry würde es freilich auch nicht tun, weil der Kollege leider noch nicht den Blick für Details hatte – und weil Nicholas gewiss so schnell wie möglich in die angemessenen Kleider schlüpfen würde.

Es gab in diesen Tagen manchen Anlass, an die eigene Vergangenheit erinnert zu werden. Ja, es war geradezu verblüffend, wie die Dinge sich zu wiederholen schienen! Wäre sein Herz nicht von einer gewissen Wehmut befallen gewesen, Richard hätte sich beinahe amüsiert, wie sehr die Situation ihn erinnerte an damals ... Aber weil Liebeswunden bekanntlich nie verheilen und weil das Alter uns zwar mitunter weise macht, aber unsere Sehnsüchte deshalb nicht einfach vergehen, musste Richard Atkins seinen Spaziergang, den er recht fröhlich begonnen hatte, etwas melancholisch beenden. Er mochte durch das 24 Charming Street seine Bestimmung gefunden haben. Aber die Erfüllung war ihm verwehrt geblieben. Vielleicht auch, ja wahrscheinlich sogar, weil vor fünfzig Jahren zwei Menschen nicht die falsche, aber ganz sicher nicht die richtige Entscheidung getroffen hatten.

War die Lobby am Vorabend in dunkles, geheimnisvolles Licht getaucht gewesen und hatten tausend kleine Lämpchen und Kerzen alles in einen heimeligen Schimmer getaucht, so erstrahlte an diesem Weihnachtsmorgen der Frühstücksraum in so goldenem Glanz, dass mancher Gast im ersten Moment geblendet war. Über

Nacht hatten die dienstbaren Geister des Hauses dekoriert und gezaubert und aus dem Rigg's Inn eine Art »Winter Wonderland« gemacht, das seinesgleichen suchte.

An den Tischen lag die *24 CS Times* aus, jene Hauspostille, die an Weihnachten mit den schönsten und besten Geschichten aufwartete, die es zu erzählen gab. Die Tische waren in Weiß und Gold eingedeckt, das Porzellan dazu passend und mit hinreißendem Sternendekor versehen. Die weiblichen Bedienungen trugen feengleiche Uniformen, ihre männlichen Kollegen hätten jedem Weihnachtsmärchen Ehre gemacht – in Kilt und roter Livree-Jacke.

Selbst der übernächtigte, unausgeschlafene, erschöpfte und ratlose Nick wirkte in diesem Anzug elegant und aufgeräumt. Die Blässe auf seinem Gesicht unterstrich nur die vornehme Ausstrahlung. Was gut war, denn er sah, kaum hatte er den Frühstücksraum betreten, um ebenfalls zu bedienen, gleich noch um einiges blasser aus: Dort drüben an dem Tisch, den er ihr selbst als einen der besten empfohlen hatte, saß niemand anderer als Kate und genoss ihr kräftiges schottisches Frühstück.

Es läutete öfter, als ein Concierge eines Luxushotels es unter gewöhnlichen Umständen läuten lassen würde, zugegeben. Aber letztlich meldete sich doch eine Stimme – oder doch zumindest so etwas Ähnliches.

»Pardon, dass ich so früh störe«, sagte Richard höflich.

»Wissen Sie, wie viel Uhr es ist, Mann?«, raunzte der Angerufene.

»Verzeihen Sie, Sir, es geht um eine Angelegenheit von höchster Dringlichkeit.«

»Sind Sie von der Polizei? Nein, die sprechen nicht so. Was ist das? Justiz?«

»Nein, nein, Sir«, erwiderte Richard. »Es geht um eine gemeinsame Freundin.«

Schweigen. Dann: »Kann ich mir nicht vorstellen, dass ich eine gemeinsame Freundin mit jemandem habe, der mich im Ernst Sir nennt.« Das heisere Lachen ging in ein Husten über, ehe am anderen Ende der Leitung zu hören war, wie eine Zigarette angezündet wurde. »Wer soll das sein?«

»Ich spreche von der Lady mit dem Spinnen-Tattoo.«

Ein weiteres Lachen, diesmal halb amüsiert, halb verunsichert. »Wenn Sie nicht von einer Lady gesprochen hätten, hätte ich gedacht, Sie meinen Kate.«

»Kate?«

»Goodwin.«

»Oh! Sie haben mir schon sehr weitergeholfen, Sir«, sagte Richard. »Vielen Dank!«

»Moment!«, rief der Mann, auf einmal hellwach. »Was heißt das? Wissen Sie etwa, wo die kleine Schlampe steckt? Sie schuldet mir ...«

Das Gespräch endete unvermittelter, als ein Concierge eines Luxushotels es unter gewöhnlichen Umständen hätte enden lassen, zugegeben.

»Pardon, Sir«, murmelte Richard in Richtung des bereits wieder auf der Gabel liegenden Hörers. »Das war nicht nach Art unseres Hauses.«

»Mr Atkins?«, sprach Kiharu, die von der Bar her erschienen war, den Portier an.

»Oh! Kiharu! Sie kommen ja wie gerufen.«

»Bitte?«

»Ob ich mir wohl einmal für einige Minuten Ihr Telefon ausleihen dürfte?«

»Sie meinen, mein Smartphone?«

»Genau das.«

»Aber Sie wissen, dass es hier drinnen nicht funktioniert, Mr Atkins ...«

Richard lächelte nachsichtig. »Gewiss, Kiharu, wem wäre das besser bekannt als mir? Ich muss es schließlich jeden Tag aufs Neue den Gästen erklären. Aber soweit ich weiß, lässt es sich in einem Teil des Gartens benutzen?«

Die Barfrau nickte. »Absolut, Mr Atkins. Den besten Empfang haben Sie neben dem Gewächshaus.«

»Wie schön«, befand der Portier. »Dort ist es auch ein wenig windgeschützt. Sie erlauben?« Er streckte die Hand aus und wartete, bis Kiharu die Geheimzahl eingegeben und ihm ihr Handy überreicht hatte. »Vielen Dank.«

»Sir, es geht um Nick? Nicholas?«

»O ja«, erwiderte Richard. »Nicholas. Ein guter Junge.«

Kiharu konnte sich ein spöttisches Lächeln nicht verkneifen. Nick war Ende zwanzig. Ein *Junge* war er sicherlich nicht mehr. »Also, ich fürchte, Mr Atkins, Nick ist ...«

»Gewiss, gewiss, Kiharu«, murmelte Richard, ausnahmsweise einmal nicht mit den Gedanken vor Ort. »Danke für den Hinweis.«

»Gerne«, sagte Kiharu, leicht befremdet. »Sir.« Und blickte dem älteren Herrn hinterher, wie er in den Garten hinausging und überraschend flink mit den Fingern über das Display ihres Smartphones wischte, als wäre er der reinste Digital Native.

Im Frühstücksraum hatte er nicht gut mit ihr sprechen können. Aber als er sah, dass Kate im Begriff war, den Speisesaal zu verlassen, huschte er rasch durch den Küchenausgang hinaus und platzierte sich an der Treppe neben dem Lift. Eines von beidem musste sie benutzen, um wieder zu ihrer Suite zu kommen. Und dann würde er sie zur Rede stellen.

Was schwieriger war als gedacht, weil sie hinter dem schwedischen Ehepaar herging, das ebenfalls auf dem Weg zu seinem Zimmer war, und vor einer Mutter mit einem Mädchen (Miss Lilian, Nick kannte sie schon, seit sie noch ganz klein war: nett, schlau und die reinste Nervensäge). Also tat er, als hätte er selbst etwas im Obergeschoss zu erledigen, und lief ebenfalls in die besagte Richtung, bis die beiden Letzteren kurz vor Erreichen der Weihnachtssuite abbogen und die Schweden genügend Vorsprung hatten, dass Nick dazwischen gehen konnte. Buchstäblich.

»Hi!«, sagte er.

»Hm.« Kate blickte auf die Tür.

»Wo warst du?«

»Frühstücken.«

»Sehr witzig. Du weißt genau, dass ich das nicht meine.«

»Ich wollte die Fliege machen«, erklärte Kate ungerührt.

»Du wolltest ... abreisen?«

»Was dagegen?« Sie steckte den altertümlichen Schlüssel ins Schloss der Weihnachtssuite und sperrte auf.

Hinter dieser Tür, dachte Nick, haben wir letzte Nacht ... »Ohne mir was zu sagen?«, fragte er mit rauer Stimme.

»Brauche ich deine Erlaubnis?«

»Nein«, erklärte Nick, verunsichert, weil sie so schroff zu ihm war. »Aber ... aber du hättest ... ich hätte dich ja fahren können.«

»Ich bin allein gefahren.«

»Das habe ich gesehen.« Jetzt hatte er sein Selbstbewusstsein wieder. »Machst du das öfter, dass du mal eben ein Auto klaust?«

»Ich hab's nicht geklaut«, entgegnete Kate. »Ich hab es ausgeliehen. Du hast es wieder, oder?«

Okay, die selbstsichere Phase war definitiv zu kurz gewesen. Jetzt war er wirklich ziemlich sprachlos. Nick sah zu, wie sie die Tür aufsperrte und in die Suite trat.

»See you«, sagte sie. »Maybe.« Und wollte schon wieder schließen, als ihm etwas einfiel.

»Kate!«

»Hm?«

»Aber du bist zurückgekommen.«

»Sieht so aus.«

Ja, sie war zurückgekommen! Hätte es also noch eines Beweises bedurft, dass sie in Wirklichkeit einen weichen Kern hatte? Dass sie gar nicht wirklich weg wollte? Dass ihr etwas an ihm lag?

»Warum?«

Sag es doch, Kate! Sag einmal die schlichte Wahrheit! Mach es mir nicht so schwer!

»Ach«, erwiderte sie. »Es ist wegen der alten Schachtel. Also der alten Lady. Du weißt schon, die mit mir in der Bar ein Duett gesungen hat. Ich wollte sie nicht alleine lassen.«

Die alte Lady, klar, die hatte sie nicht alleine lassen wollen. Aber ihn. Nick wandte sich ab und ging. Es gab nichts mehr zu sagen.

Frostig war es an diesem Weihnachtsmorgen, frostig und klar. Selbst die See hatte sich ein hellgraues Gewand angezogen, sodass der ganze Tag wie in silbernes Licht getaucht wirkte, festlich, feierlich.

»Du stehst hier ohne Mantel? Pass auf, dass du dich nicht erkältest, Richard.«

»Oh! Danke für den Hinweis«, entgegnete der Portier und steckte Kiharus Smartphone in seine Jackentasche. »Ein schöner Morgen, nicht wahr?«

»Im 24 Charming Street ist jeder Morgen schön, findest du nicht?«

Er nickte und ließ seinen Blick schweifen, ehe er ihn

wieder auf sie richtete. »Doch, das finde ich schon. Seit über fünfzig Jahren.«

»Glücklich, wer das von sich sagen kann.«

»Nun, es waren auch ein paar dunklere Jahre darunter«, stellte Richard richtig.

»Ich schätze, an eines davon kann ich mich erinnern.«

»Ja, das denke ich auch.« Er lächelte. »Und wie ist es dir in all den Jahren ergangen, Odile?«

Die alte Lady lachte. »Mon dieu, Richard, wie viel Zeit hast du?«

»Alle Zeit der Welt, Odile. Für dich …« Er deutete auf die Tür.

»Hach! Immer noch der Charmeur von damals.« Odile Tourée schüttelte den Kopf. »Es ist Weihnachten, mein Guter. Du hast jede Menge zu tun, ich weiß ja, was die Gäste an einem solchen Tag von den Mitarbeitern erwarten. Die Kurzversion ist: Ich war dumm, töricht, albern und selbstsüchtig. Und ich musste es büßen. Aber jetzt, wo ich hier bin – wer weiß, durch welche himmlische Fügung! –, jetzt scheint mir alles, als hätte es einen geheimen Plan in meinem Leben gegeben.«

»Vielleicht hat es das, meine Liebe.«

»Es gibt keine geheimen Pläne, Richard, das weißt du. Aber, um mit Shakespeare zu sprechen: Ende gut, alles gut.«

»Heute Abend?«

»Wir werden sehen«, sagte sie und berührte ihn sacht am Arm. »Wir haben Zeit.«

Natürlich war es nicht das Großmütterchen gewesen. Es war die Polizei gewesen, weswegen Kate nicht mit dem Zug abgehauen war. Sie hatte die Typen am Schalter gesehen. Bullen erkannte Kate auf Meilen, und die zwei waren definitiv welche gewesen. Was leider dazu geführt hatte, dass sie weder in den Zug steigen noch den Wagen weiterhin benutzen konnte. Dass ein freundlicher Insulaner ihr auf der Straße angeboten hatte, sie in seinem Lieferwagen mitzunehmen, war reiner Zufall gewesen – und pures Glück.

Und nun war sie selbstverständlich Nick in die Arme gelaufen, und alles war noch komplizierter geworden. Kate Goodwin warf ihre Jacke auf den Sessel und trat ans Fenster. Unfassbar, wie gottverlassen ein Ort sein konnte. Wenn sie hinausblickte aufs Meer, dann sah sie eine Insel, die im Sound lag und auf der kaum ein Haus stand, karg und karstig wie Skye selbst. An diesem Tag fuhren auch keine Schiffe, schließlich war Weihnachten. Ein paar einsame Möwen flatterten im eisigen Wind, aber sonst: nichts. Aber das verrückteste war: Je länger sie es sich ansah, umso schöner fand sie es. Wie eigentlich alles hier, das Haus, die Dekoration, die Uniformen, die Umgangsformen, das Zimmer … Ja, doch, zugegeben, es war schön. Vor allem war es der vermutlich einzige sichere Ort für sie. Denn wer um alles in der Welt würde sie ausgerechnet hier suchen, die Kellnerin aus Glasgow, das Vorstadtmädchen mit dem stets leeren Bankkonto, der fragwürdigen Vergangenheit und dem noch viel fragwürdigeren Freundeskreis, in einem Extraklasse-Luxushotel, wo zur selben Stunde auch die First Lady Urlaub machte! Denn die hatte sie im Frühstücksraum tatsächlich gesehen (beinahe wäre ihr das Frühstücksei aus dem Mund gefallen). Nein, niemand würde sie hier suchen, und deshalb würde niemand sie hier finden.

Der Portier stand im Garten und unterhielt sich mit Martine, wie Kate feststellte, als sie hinunterblickte. Sie waren beinahe unter ihrem Fenster. Doch so neugierig war sie nicht auf den Austausch zweier älterer Herrschaften, dass sie jetzt das Fenster geöffnet und gelauscht hätte.

Das änderte sich, als sich Minuten später ein Chor aus Mädchen und Jungen im Garten aufstellte und begann, einige Weihnachtslieder vorzutragen. Kinderchöre waren sicherlich nichts, worauf Kate sehr erpicht gewesen wäre. Aber wenn sie eines wusste, dann, wie wichtig es war, dass man ein gutes Publikum hatte. Sie selbst hatte höchstens zwei-, dreimal das Glück gehabt, bei einem Gig vor Leuten zu singen, die auch zuhören konnten und die nicht zu faul oder zu desinteressiert waren, ordentlich zu applaudieren. Man probt wochenlang, singt jedes Stück, dass es einem nicht einmal mehr im Schlaf aus dem Kopf geht, fiebert auf seinen Auftritt hin – und dann schaffen es die Leute, einen zu ignorieren oder merklich nur für die Beine oder für das Kleid zu klatschen.

Kate öffnete das Fenster und lauschte. Der Chor war gut! Die Kinder sangen voller Hingabe, offenbar hatte die Chorleiterin ausgezeichnet mit ihnen geprobt. Die Frau – ganz in Schwarz – dirigierte, aber diskret. Das fand Kate gut: Sie macht keine Show, dachte sie. Es geht um den Chor, nicht um die Dirigentin. Die Mädchen und Jungen hatten rote Wangen. Manche blickten zu den Fenstern hin, auch zu Kates. Sie nickte und lächelte aufmunternd. Positiver Blickkontakt mit dem Publikum war etwas Tolles. Er gab Energie, weil man nicht mehr nur für »irgendjemanden« sang, sondern für ganz bestimmte Menschen.

»Rudolph, The Red-Nosed Reindeer« hätte Kate am liebsten mitgesungen. Es war eine der wenigen guten Kindheitserinnerungen, die sie hatte, sie hatte das Lied manchmal mit ihrer Großmutter gesungen. Aber Publikum, das mitsingt, so was ging natürlich nur abends in der Kneipe. Und so lauschte sie, bemerkte erst, dass sie die Luft angehalten hatte, als sie beinahe keine mehr bekam, und klatschte so heftig Beifall, dass sogar die Dirigentin zu ihr hochblickte und ihr dankbar zulächelte.

Geschenke, ein Weihnachtskonzert und ein Page, der sich als ebenso zärtlicher wie leidenschaftlicher Liebhaber entpuppt. Was geschah hier mit ihr? Kate sah sich um. Irgendwo musste ja noch diese Karte sein. Diese ominöse Einladung, die ihr jemand unter der Tür durchgeschoben hatte. Da!

Dear Ms Tourée

Wir freuen uns, Sie dieses Jahr als Ehrengast unserer Weihnachtssaison in der Zeit vom 20. bis 31. Dezember in unser Haus einladen zu dürfen.

Bis 31. Dezember. Wenn sie gewollt hätte, hätte sie noch fast eine ganze Woche hierbleiben können! Wenn sie gewollt hätte … Natürlich hätte sie *gerne* gewollt! Aber …

Und wenn sie es einfach wagte? Sie musste wieder an die zurückliegende Nacht denken. An Nick. O Mann, Nick war schon wirklich was Besonderes. So einen zärtlichen Liebhaber hatte sie definitiv noch nie gehabt. Nun ja, genau genommen hatte sie gar nicht gewusst, dass es so was überhaupt im wirklichen Leben gab – falls das hier das wirkliche Leben war …

Vielleicht musste sie einfach den Dingen eine Chance geben, sich so zu entwickeln, wie es sich am besten anfühlte. Auf die ein oder andere Art gefährlich war es zurzeit überall für sie. Dann doch lieber auf die andere Weise, oder? Sie musste nur ein paar Maßnahmen ergreifen, um die Gefahr zumindest ein wenig in Grenzen zu halten. Und auch dafür wäre Nick doch genau der Richtige …

»Das 24 Charming Street, Henry am Apparat.«

»Das was?«

»Das 24 CS, Sir. Grandhotel seit 1899. Was kann ich für Sie tun?«

»Ich bin bei einem Hotel gelandet?«

»Sehr wohl, Sir. Auf der Isle of Skye.«

»Interessant …«

»Sir?« Aber der Anrufer hatte bereits aufgelegt.

Eindeutig Glasgower Akzent, dachte Henry, konnte sich aber im Übrigen keinen Reim auf diesen seltsamen Anruf machen.

Killer Instinct

Es war nicht sehr wahrscheinlich, dass am zweiten Weihnachtstag jemand den Wagen brauchte. Zur Messe in Portree oder Staffin vielleicht oder für einen privaten Besuch. Aber meist war Nick an den Weihnachtstagen als Chauffeur nicht sehr gefragt. Entsprechend hatte er Zeit, sich ein wenig um den Vauxhall zu kümmern, nachdem er im Frühstücksraum nicht mehr gebraucht wurde. Sein Vater hatte ihm beigebracht, wie das Blech zu polieren war: mit einem Frotteetuch und Maxwell's Finest, einem Produkt, in dem neben allerlei petrochemischen Substanzen auch Fischbein verarbeitet war – das machte den Unterschied! Für die ledernen Sitzbänke verwendete er ein absolut natürliches Mittel, das seine Mutter auch zu Hause einsetzte. Die hölzernen Armaturen bedurften wieder einer anderen Pflege … Nick hielt eine Art stummer Zwiesprache mit diesem Fahrzeug, in dem so viel Geschichte steckte: die des Hotels, die von Rupert McLaughlin, die seines Sohnes, der schon mit drei Jahren hatte mitfahren dürfen und der seit fünf Jahren selbst am Steuer saß, um die Gäste sicher und komfortabel über die Insel zu chauffieren. Jeder Mensch, der in diesem Wagen gefahren war, hatte Spuren hinterlassen, keine sichtbaren natürlich, aber doch …

»Hier bist du«, hörte er eine Stimme hinter sich. Nein, nicht *eine* Stimme, sondern *ihre*. Er hielt inne, wartete, polierte weiter. »Hi!«

Nun wandte er sich doch um. »Ja?«, fragte er.

»Ich wollte mal gucken.«

»Okay. Und?«

»Und hallo sagen«, erklärte Kate.

»Gut. Hallo.«

»Hallo.«

Sie sah sich in der Garage um. In einer Vitrine standen mehrere Pokale. »Wofür sind die denn?«, wollte Kate wissen.

»Siege. Bei Rallyes.« Den Fehler, sich mit einem Gast einzulassen, hat er einmal gemacht, er wird ihn nicht noch einmal machen – auch wenn es derselbe Gast ist.

»Etwa mit dem Wagen?«

»Es waren Oldtimer-Rallyes. *All Scotland*. Das ist ein Vauxhall Light Six. Das Modell ist eine Legende. Und dieses hier ist es auch.«

»Schon gut«, erwiderte Kate und hob beschwichtigend die Hände. »Ich wollte euch nicht zu nahe treten. Dir und deinem Auto.«

Nick schwieg.

»Darf ich mich mal reinsetzen?«

»Beim letzten Mal hast du nicht gefragt.«

Kate zuckte entschuldigend die Achseln. »Das war was anderes. Andere Situation. Sorry.«

»Schon klar.«

Auf einmal stand sie ganz dicht bei ihm. »Es tut mir leid«, sagte sie und streckte die Hand nach ihm aus, berührte ihn sacht an der Schulter und fuhr an seinem Arm entlang, bis ihre Finger unvermittelt in seine glitten. Sie drückte seine Hand und zog sie an ihre Wange. »Tut mir leid«, wiederholte sie flüsternd. »Ich war blöd.«

Gewiss hätte Nick etwas gesagt. Wenn ihm denn etwas eingefallen wäre. Aber auf einmal war sein Kopf so leer wie eine Weihnachtsbaumkugel. Dieser Kopf, in dessen Ohr Kate ganz leise etwas wisperte (was, das zu verraten sind wir viel zu diskret, Ma'am).

Zum Glück verfügt ein Vauxhall Light Six über eine sehr bequeme und überraschend geräumige Rückbank, groß genug für zwei Personen, auch wenn sie nicht vorbildlich nebeneinandersitzen, sondern eher gar nicht sitzen. Davon konnte sich Kate Goodwin an diesem Weihnachtstag persönlich überzeugen, während draußen vor der Garage wieder leichtes Schneegestöber einsetzte.

Als Kate einige Zeit später – rechtschaffen erschöpft, aber zugleich sehr beschwingt – die Bar betrat, war Kiharu gerade dabei, Eis im Crusher zu zerkleinern.

»Hallo, Miss«, sagte sie.

»Oh, Miss Tourée! Hallo, was kann ich für Sie tun?«

»Erst einmal möchte ich Ihnen danken für diese irren Energydrinks, die Sie mir gegeben haben. Die haben mich echt gerettet.«

»Die Vitamincocktails? Das freut mich. Wir haben hier das Glück, erstklassige Lieferanten und einen eigenen

Kräutergarten zu haben. Wenn Sie möchten, zeige ich ihn Ihnen.«

»Ähm, ja«, erwiderte Kate. »Vielleicht mal.« Sie sah sich um. »Sagen Sie ... Kiharu?«

»Kiharu, ja.«

»Der Pianist ...«

»Mr Richmond?«

»Spielt er immer hier?«

»Täglich ab 4:00 p.m.«, bestätigte die Barfrau.

»Wow. Er ist wirklich gut.«

»Da bin ich absolut Ihrer Meinung, Miss Tourée.«

»Er könnte berühmt sein.«

»So sehen wir das hier auch«, erklärte Kiharu. »Und vermutlich weiß er das auch selber.«

»Aber ...«

»Aber manche Menschen legen keinen so großen Wert auf Berühmtheit«, schlug die Barfrau vor.

»Oh. Verstehe«, sagte Kate. »Hm. Ob ich mal ein paar Takte darauf spielen dürfte?« Sie blickte zu dem Flügel hin. »Ist ja fast niemand in der Bar gerade.«

»Aber natürlich, Miss Tourée, machen Sie nur!« Kiharu bedeutete ihr, am Klavier Platz zu nehmen, und wandte sich wieder ihrer Arbeit zu. Das Stück, das die junge Frau am Piano klimperte, kannte sie nicht. Zunächst. Bis ihr aufging, dass es nur eine ganz eigene Interpretation war. Eine sehr melancholische, langsame, nein: behutsame, beinahe ... zerbrechliche. Und so klang auch die Stimme, die sich vorsichtig vorzutasten schien:

So this is Christmas
And what have you done?
Another year over
And a new one just begun

Der berühmte Song von Lennon. Die Hymne für all jene, die sonst mit Weihnachtsmusik nicht viel anzufangen wussten. Kein Stück aus dem Repertoire von Mr Richmond. Aber er hätte ihn natürlich jederzeit auf Wunsch eines Gasts gespielt. Nur nicht so. Nicht so … traurig.

Die junge Frau war sicherlich keine begnadete Pianistin. Ein paarmal griff sie vermutlich daneben, obwohl man bei freien Interpretationen mit solchen Mutmaßungen ja zurückhaltend sein sollte (seien wir es also auch und gestehen ihr zu, es ganz einfach anders zu machen).

And so this is Christmas
I hope you have fun
The near and the dear ones
The old and the young

Wie alle anderen Bediensteten des 24 Charming Street hoffte Kiharu, dass all ihre Gäste in diesen Tagen »Fun« hatten, mehr noch als im ganzen Rest des Jahres. Und ganz besonders hoffte sie es für diese junge Frau. Sie hätte sich gut vorstellen können, dass sie auch diesen Song gemeinsam mit der alten Lady vortrug. *The old and the young* – die Zeile war ja wie bestellt für ein solches Duo. Aber Madame Bonnechance war aktuell nicht zu sehen. Und so ging das Lied zu Ende in einem Walzertakt, der eher an Dave Brubeck erinnerte als an Johann Strauß, mit den Versen:

War is over over
If you want it
War is over
Now

In welchem Krieg auch immer sich die junge Frau befand, Kiharu wünschte ihr in diesem Moment aus tiefstem Herzen, dass er vorüber sei. Dass es keine Konflikte mehr in ihrem Leben gab. Dass Frieden einkehrte, wo aus jeder Silbe des Lieds der *Struggle for Life* zu hören gewesen war. Und sei es nur für die paar Tage, die sie im 24 Charming Street verbrachte: ein Weihnachtsfriede! Denn es war offensichtlich, dass weit mehr in ihr steckte als eine verkrachte Existenz.

»Wunderschön«, sagte sie und nickte Kate am Klavier zu.

»Danke. Es war zu verlockend. Ich wollte einmal auf einem Flügel spielen. Auf einem Steinway noch dazu …«

»Und das haben Sie ganz zauberhaft gemacht.«

Und dann war die alte Dame plötzlich doch da. Unvermittelt war sie hinter dem großen Weihnachtsbaum hervorgetreten, hatte anerkennend genickt und sich links neben Kate auf die Klavierbank gesetzt, ohne zu fragen.

Sie klimperte ein wenig, scheinbar ohne eine bestimmte Melodie im Sinn zu haben, bis sich ein Rhythmus herausbildete, der ihre junge Nachbarin dazu einlud mitzuspielen. Auch »Martine Bonnechance« schien Dave Brubeck in Kates Interpretation gehört zu haben. Auf einmal jedenfalls gaben beide vierhändig »Take Five« zum Besten, während sich ringsum nach und nach die Lobby mit Gästen belebte. Nicht sehr weihnachtlich, das Stück, gewiss, aber mitreißend. So mitreißend, dass nach seinem Ende etliche Gäste spontan Beifall spendeten. Selbst ein »Bravo« war zu hören (auch wenn Kiharu den Portier im Verdacht hatte, dass er sich dazu hatte hinreißen lassen).

Geschmeichelt tauschte Kate mit ihrer Partnerin den Platz und setzte sich auf die Bassseite des Klaviers, um nun ihrerseits eine Melodie vorzugeben. Und die alte Lady zögerte nicht zu verstehen und schon gar nicht, die Einladung anzunehmen. »Cantaloupe Island« – ebenso wenig weihnachtlich, aber ebenso mitreißend. Und perfekt vierhändig zu spielen, wie die beiden Frauen feststellten. Vor allem, wenn man sich die nötigen Freiheiten nahm. Auch diesmal ernteten sie Applaus, fast schien es, als hätten sie die anderen Gäste mit ihrer Musik angezogen. Jedenfalls waren sowohl die Hotelhalle als auch die Bar schon bald gut besetzt. Kiharu war auf einmal sehr beschäftigt, den Wünschen an der Bar nachzukommen. Und selbst Richard war hinter seiner Rezeption aufgetaucht und erlaubte sich (zumal niemand etwas von ihm wollte), dem kleinen Konzert beizuwohnen und – ohne dass er damit einer Pflicht nachgekommen wäre – kräftig zu klatschen, als das Stück zu Ende war.

Ein ganz besonderer Zauber hing in der Luft, das spürte vor allem Kate, die noch nie vor einem solchen Publikum gespielt hatte. Nun, *gespielt* hatte sie kaum je vor Publikum, weil sie ja üblicherweise vor allem sang. Aber auch dabei hatte sie nie das Glück einer so aufmerksamen Zuhörerschaft oder solch großzügigen Beifalls erleben dürfen. Warum konnten solche Leute nicht im Tobey's oder im Crushing Babe im East End von Glasgow zu Gast sein! Na ja, die Frage beantwortete sich irgendwie von selbst. Und doch …

»Merci«, hauchte Kate in Richtung ihrer Partnerin, die ihr ein Augenzwinkern schenkte und dann andeutete, dass sie gerne noch ein wenig weiterspielen würde – allein.

Kate setzte sich an die Bar und bat Kiharu um einen Kissmas Tea (auch wenn es dafür eigentlich noch etwas früh am Tag war; aber war nicht der Weihnachtstag in allem ein Ausnahmetag?), während die alte Lady ein Lied anstimmte. Auch dies kein Weihnachtssong, sondern ein französisches Chanson. Eines der schönsten ganz gewiss. Und sie sang das Lied beinahe wie vorhin Kate das einsame Weihnachtslied gesungen hatte: leise, sacht, zerbrechlich …

J'attendrai
Le jour et la nuit
J'attendrai, toujours
Ton retour

Es war, als hielten die Gäste den Atem an, als lauschten alle noch weit aufmerksamer und respektvoller als gerade eben auf diese leise, behutsame, etwas rauchige Stimme, die die Zuhörer wissen ließ:

Ich werde warten
Tag und Nacht
Jeden Tag werde ich warten
Auf deine Rückkehr.

Nein, nicht *die* Zuhörer. *Einen* ganz bestimmten Zuhörer, der in der Tat den Atem anhielt und dessen Herz so heftig schlug, wie er es sich niemals erlaubt hätte. Doch manche Dinge setzen, wie wir alle wissen, die Gesetze der Vernunft außer Kraft. Und die Liebe ist unter diesen Dingen die höchste Macht. Selbst wenn man ihr zu widerstehen geschworen hat. Aber was kann schon ein Schwur gegen diese höchste Gewalt auf Erden bewirken.

Ich glaube deine Schritte zu hören
Vom Wind zu mir getragen
Töne von weither
Ich lausche nach meiner Tür ...

Ein Zeichen? Ein Wunsch? Ein Hinweis, dass nichts bleiben muss, wie es ist, dass kein Traum je verloren ist?

Komm bald zurück.
Die Tage sind kalt
Und nehmen kein Ende
Die Nächte ohne dich.

Vielleicht. Oder nein: ganz gewiss! Denn die große »Nachtigall von Montmartre« wusste, nach wessen Blick ihre Augen suchten, als sie dieses Lied sang, das sie vor so langer Zeit am selben Ort gesungen hatte – wenn auch in einer ganz anderen Jahreszeit und unter ganz anderen Bedingungen.

»Für mich ein Bier«, sagte eine Stimme, die so unverkennbar war wie das After Shave, das zu der Person gehörte: *Killer Instinct*. So schön der Augenblick gewesen war, er war im selben Moment verflogen. Kate hielt unwillkürlich den Atem an. Und ebenso unwillkürlich schloss sie die Augen, und sei es, um das Wiedersehen auf diese Weise zumindest um ein paar Atemzüge hinauszuzögern, während das Lied der alten Lady am Klavier endete und ringsumher Beifall aufbrandete.

»Übernachtest du jetzt in Nobelhotels? Clevere Idee. Da lässt sich die Ware vermutlich am besten losschlagen, was? Wieso bin ich da nicht draufgekommen?«

»John. Bitte.«

»Irgendwas Geiles mit Whisky«, korrigierte John seine Order bei Kiharu, die gerade nach einem Bierglas gegriffen hatte und es nun wieder wegstellte, um ein Glencairn zur Hand zu nehmen – das sie allerdings auch wieder zurückstellte. Ein Blick auf den Gast besagte: Hier war ein Tumbler gefragt. Blended Whisky, am besten mit einer Bitternote, das mochten diese harten Kerle. Und natürlich doppelt und ohne Eis.

»Ich schätze, die sind hier entsprechend ausgestattet, oder?«

»Bitte, John«, sagte Kate leise und blickte sich um, ob jemand sie beobachtete. »Ich ...«

»Wir beide sprechen noch. Aber nicht hier. Hast du ein Zimmer?«

Natürlich wurden sie beobachtet, zuallererst von Kiharu, die ein untrügliches Gespür für delikate Situationen hatte. Und diese hier war eindeutig delikat. Dann von Richard, der zwar in diesem Moment bei Weitem nicht so bei der Sache war wie üblich (und wer wollte es ihm verdenken!), aber dennoch schon allein deshalb aufmerksam geworden war, weil der junge Mann sich an der verwaisten Rezeption vorbei ins Hotel gestohlen hatte. An sich ein unverzeihlicher Vorgang: Niemand betrat das 24 CS, ohne wenigstens mit einem freundlichen Lächeln am Empfang begrüßt zu werden! Nun, was geschehen war, war geschehen. Und vielleicht zum ersten Mal in ihrem Leben wäre Kate Goodwin froh gewesen, wenn sie, wie die feudale Gesellschaft, in die der Zufall sie verschlagen hatte, durch dienstbare Geister von der profanen Welt dort draußen abgeschirmt worden wäre – hätte sie sich diese Mechanismen denn überhaupt bewusst gemacht.

»Nein. Ich habe kein Zimmer hier«, log sie.

»Nummer?«

Es hatte ja keinen Sinn. »Sieben.«

John griff nach dem Drink, den Kiharu ihm hingestellt hatte, nahm einen Schluck, nickte anerkennend, warf einen Falkenblick auf die Barfrau, schien sie ein- und abzuschätzen: als Bartenderin, als Ausländerin, als Frau. Dann wandte er sich wieder an Kate: »Ich komme in einer halben Stunde und hole die Ware.«

»Aber John, ich habe es nicht mehr«, erklärte Kate, so leise, dass er sich zu ihr beugen musste. *Killer Instinct* stach ihr in die Nase.

John sah sich um: »Du hast es verkauft? Du? Echt jetzt?« Er schien zu überlegen, ob er sie bewundern oder schlagen sollte. Sein Blick wanderte durch den Raum, musterte die Dekoration, die anderen Gäste, den Glanz, der hier herrschte … Dann flackerte ein wissendes Grinsen über sein Gesicht. »Klar. Deshalb kannst du dir das hier leisten. Sieh an, die kleine Schlampe aus dem East End gönnt sich mal was Gutes, ja? Geht klar, Babe. Geht absolut klar. Wenn du hierfür Geld hast, dann heißt das, du hast eine Menge Kohle gemacht. *Meine* Kohle. Ich gebe dir bis morgen Zeit. Vierundzwanzig Stunden. Dann will ich das Geld. Plus zwanzig Prozent.«

Kate keuchte. »Das geht nicht, John!«

»Plus zwanzig Prozent.« Er kippte seinen Drink, wandte sich an Kiharu, die die Szene unauffällig, aber sehr sorgfältig verfolgt hatte, und bestimmte: »Der geht aufs Zimmer 7.« Im nächsten Moment war er weg. Durch die Gartentür, sodass er abermals nicht am Empfang vorbeikam, an dem Richard inzwischen wieder seinen Platz eingenommen hatte.

Und noch ein Beobachter verfolgte (verborgen hinter einer Säule an der Treppe) die Szene, ohne zu wissen, welche Schlüsse er daraus ziehen sollte: Nick.

Bemerkenswerte Begegnungen

»Mr Atkins?« In der Tür zum Büro stand Ms McFarrows mit ratloser Miene. Sie hätte wie dreißig oder fünfunddreißig aussehen können (was vermutlich ihrem tatsächlichen Alter entsprach). Aber mit der Brille und dem stets zu einem strengen Dutt gebundenen Haar wirkte sie wie die Gouvernante aus einem klassischen englischen Film: alterslos, aber keinesfalls jung.

»Was kann ich für Sie tun, Ms McFarrows?«, fragte der Portier und legte die Unterlagen beiseite, die er eben hinter seiner Rezeption studiert hatte.

»Ich sitze über der morgigen Ausgabe unserer Zeitung«, erklärte die Office Managerin. »Und ich muss sagen, ich habe keine Idee, was wir reinschreiben sollen. Nach der Weihnachtsausgabe ist es immer besonders schwer.«

»Vielleicht kann ich Ihnen diesmal helfen, Ms McFarrows«, erwiderte Richard und folgte ihr ins Büro. »Wir haben einen Gast, der vor langen Jahren schon einmal hier logiert hat und zwischenzeitlich sehr berühmt war.«

»Ach?«

»Sie sind natürlich viel zu jung, um sich daran zu erinnern.« Er überlegte kurz. »Zufällig habe ich ein paar Zeitungsartikel gesammelt. Ich könnte sie Ihnen holen.

Wenn Sie außerdem das Gästebuch von damals konsultieren wollen ...«

Ms McFarrows rückte ihre Brille zurecht, eine Geste, die sie sich aus unerfindlichen Gründen angewöhnt hatte, denn die Brille saß stets so korrekt wie Richards Krawattenknoten. »Meine Güte, Mr Atkins, Sie erstaunen mich immer wieder! Mrs Porter wird froh sein.«

»Mrs Porter? Ich begreife nicht ganz ...« Was absolut der Wahrheit entsprach. Was sollte die First Lady, die wie jedes Jahr die Weihnachtstage im 24 CS verbrachte, mit der Geschichte einer berühmten Chansonnière zu tun haben?

»Nun, ich hatte schon überlegt, einen Artikel über sie zu schreiben. Sie wissen schon, so was wie *Lieber ohne Gemahl als ohne das 24 Charming Street.*«

Richard hüstelte. »Aha«, sagte er und dankte heimlich dem Himmel, dass er dazwischengefunkt hatte. »Vielleicht probieren wir es erst einmal mit unserer Berühmtheit.«

»Wer ist es denn eigentlich?«, fragte Ms McFarrows neugierig.

»Die Dame aus Nummer 2.«

»Nummer 2?« Die Office Managerin hätte nicht fassungsloser sein können. »Wir haben einer berühmten Persönlichkeit unsere ... Abstellkammer gegeben?«

Richard hob in einer hilflosen Geste die Arme. »Manchmal erfordern ungewöhnliche Umstände ungewöhnliche Maßnahmen, wenn Sie verstehen, was ich meine.«

Tat sie natürlich nicht. Aber auch wenn ihr Richards Aussage gänzlich nebulös blieb, wusste Ms McFarrows, dass ein Portier vom Range eines Richard Atkins stets seine guten Gründe hatte, und zwar für alles, was er tat und entschied.

»Gewiss«, sagte sie deshalb und nickte. »Danke, wenn Sie mir Ihre Sammlung überlassen.«

»Ich bringe sie Ihnen gleich vorbei.«

Während die junge Frau aus der Weihnachtssuite sich auf den Weg nach oben machte, trat Mr Richmond, der Barpianist, zu der alten Lady, die sich inzwischen an einen der Tische in der Lobby gesetzt hatte.

»Enchanté, Madame«, sagte er.

»Oh, Monsieur! Guten Tag – und frohe Weihnachten! Möchten Sie sich vielleicht setzen?«

»Das ist zu freundlich«, erwiderte der alte Herr, blieb jedoch stehen. »Ich fürchte, es wird Zeit, dass ich meinen Platz am Flügel wieder einnehme.«

Erschrocken blickte »Martine Bonnechance« auf die Uhr. »Tatsächlich! Der Tag scheint geradezu verflogen«, gab sie zu. »Aber an einem solchen Ort spielt Zeit keine besondere Rolle, nicht wahr?«

»Sie haben in gewisser Weise recht, Madame«, erklärte Mr Richmond. Er verneigte sich leicht. »Ich kenne Sie, Madame. Und ich verehre Sie seit langer Zeit. Aber ich verstehe das Arrangement hier nicht.« Er nickte in Richtung der jungen Frau, die auf der Treppe verschwand.

»Oh, das hat sich rein zufällig ergeben, Mr Richmond.«

»Sie erinnern sich an meinen Namen?« Er schien geschmeichelt.

»Ich bitte Sie, ich habe in all den Jahren keinen besseren Pianisten erlebt. Jedenfalls keinen, der den Swing mehr im Blut hatte als Sie.«

»Ich war noch sehr jung damals«, gab Mr Richmond zu bedenken.

»Sie haben sich kein bisschen verändert«, erklärte die ältere Dame und lachte. »Niemand von uns.«

»Nun ja …« Mr Richmond blickte in eine unbekannte Ferne, als könnte er dort all jene sehen, die nicht mitgekommen waren. Und vielleicht tat er das ja. »Warum haben Sie uns damals verlassen, Madame?«, fragte er schließlich.

Odile Tourée lächelte schmerzhaft. »Sagen wir, es war Zeit zu gehen.« Und nach einem Augenblick des Schweigens fügte sie hinzu: »Vielleicht hat mich auch nur nichts gehalten.«

»Nichts?«, sagte Mr Richmond. »Oder niemand?«

»Ja, vielleicht.«

»Ich bin überzeugt, das wäre heute anders.«

»Ach, Sie Charmeur!« Odile Tourée lachte. »Mich alte Schachtel wird niemand mehr haben wollen. Meine Zeit ist lang vorbei.«

»Wir sind alle nicht jünger geworden, Madame«, erklärte der Pianist und zuckte die Achseln, als wäre das das Geringste.

»Gewiss. Pardon. Ich wollte Ihnen nicht zu nahe treten.«

»Im Gegenteil, Madame. Niemand beweist eindrucksvoller als Sie, dass das Alter ein Prozess der Veredelung ist. In jeder Hinsicht, wenn ich das so sagen darf.«

»Das dürfen Sie zwar nicht, mein Guter«, erklärte die ältere Dame. »Aber trotzdem: sehr charmant, dass Sie das sagen.«

»Nicht nur ich, Madame. Wichtigere Personen als ich sagen das. Vor allem *eine* wichtige Person …«

Er musste nicht darlegen, wer damit gemeint war. Zwischen Seelenverwandten gibt es stets eine Sprache, die ohne Worte auskommt. Und Seelenverwandte waren sie, diese beiden Menschen, die aus einer anderen (manche behaupten: besseren) Zeit in diese Gegenwart gelangt waren und sich – wie an diesem Weihnachtsfest – manchmal durch Zufall oder göttliche Fügung wiederfanden. Oder durch eine geheimnisvolle Einladung, die auch vor vielen Jahren schon hätte erfolgen können.

Mit pochendem Herzen und zitternden Knien drückte Kate die Zimmertür hinter sich zu. Von einem Augenblick auf den anderen schien sich die Szenerie verdüstert zu haben. Kalt lag die Suite vor ihr, fremd, wie durch eine Glaswand von ihr getrennt. Ja, fremd fühlte sie sich mit einem Mal. Nichts von alledem gehörte zu ihrem Leben. Vor allem gehörte sie selbst nicht hierher! Was sie hier tat, war, Menschen, die es gut mit ihr meinten, zu betrügen. Das war es. Nichts anderes. Aber jetzt hatte sie das wahre Leben eingeholt. Jetzt hatte das Schicksal an die Tür geklopft und würde den Preis fordern. Sie war ja so blöd gewesen! Warum hatte sie sich bereit erklärt, für John »nur mal was zu einem Kumpel bringen« zu wollen. Sie kannte ihn doch. Sie wusste, dass alles, was er anfasste, gefährlich wurde. John war das Gift in ihrem Leben. Vom ersten Augenblick an gewesen. Da war diese erste Nacht gewesen, die sie wie einen Rausch erlebt und die in einem albtraumhaften Morgen geendet hatte. Da waren die Versprechungen gewesen, die sie ihren Job gekostet hatten, die »kleinen Unterstützungen«, die sie ihr Erspartes gekostet hatten, die vergessenen Dates und die miese Behandlung, die sie ihr Selbstvertrauen und vor allem ihre Selbstachtung gekostet hatten. John war ein Mann, der eine Frau auf Händen tragen konnte, nur um sie im nächsten Augenblick in den Abgrund zu werfen. Charmant, bis die Maske fiel – und sie fiel schnell. Er war wie eine Krankheit, die man sich in einem unachtsamen Moment einfing und dann nicht mehr loswurde.

Als es in ihrem Rücken klopfte, hätte sie beinahe aufgeschrien.

»Ja, bitte?«, keuchte sie nach einer Schrecksekunde.

»Kiharu hier. Von der Bar.«

Kate öffnete die Tür. »Hm?«

»Miss Tourée …«

Sie schickten die Barfrau, um ihr zu sagen, dass sie aufgeflogen war? Dass sie sie rauswarfen? Dass sie ihr Zimmer zu räumen hatte, und zwar zack, zack? Ihre *Suite*?

»Ich hatte den Eindruck …«, sagte Kiharu zögerlich. »Darf ich vielleicht reinkommen?«

»Bitte«, sagte Kate und trat zur Seite.

Mein Gott, die Barfrau war so zierlich … Klein war sie auch. Und doch wirkte sie in dem Augenblick so stark, viel stärker als Kate. »Was gibt es?«

»Ich hatte den Eindruck, Sie könnten vielleicht Hilfe brauchen. Unterstützung. Kann man etwas für Sie tun?«

Hilfe. Ja, die hätte sie brauchen können. Unterstützung. Ha! Kate konnte sich nicht erinnern, dass *irgendjemand* sie das *jemals* gefragt hätte. Und nun stand diese zierliche Frau aus Japan vor ihr und bot ihr an ... »Also«, sagte sie unsicher. »Also ...« Dann aber brach sie doch in Tränen aus.

Ausgerechnet jetzt war Richard nicht an der Bar, sondern hatte im Büro zu tun. Aber natürlich hätte der Portier auch nicht viel bewirkt. Was hätte er schon tun können? Kaum mehr als Nick. Und der tat, was er konnte: Er folgte dem Typen nach draußen. In einigem Abstand, aber nah genug, um ihn noch in seinen Wagen steigen zu sehen (einen getunten Ford Mustang, schwarz mit weißen Seitenstreifen und Spoilern überall; was für eine Schande) und sich das Kennzeichen zu merken.

Und rechtzeitig, um ein anderes bemerkenswertes Fahrzeug die Auffahrt heraufkommen und einen weiteren bemerkenswerten Besucher aussteigen zu sehen. Nick war gerade vor der Tür angelangt, da glitt ein mächtiger goldener Mercedes auf das Hotel zu. Der Wagen blieb stehen, der Fahrer stieg aus, warf den Schlüssel in Nicks Richtung und betrat das 24 Charming Street, ohne den Pagen weiter zu beachten.

Der Wagen war in der Tat außergewöhnlich. Dass Gäste mit einem Mercedes-Benz 223 der S-Klasse vorfuhren, das kam durchaus vor (war das womöglich gar eine schusssichere Anfertigung, die Guard-Version?). Dass die Fahrzeuge glänzten, als kämen sie direkt auf einer interstellaren Route nach Skye, zählte zu den Standards der betuchten Kundschaft. Aber dass das Gefährt bis hin zu den Felgen in Gold lackiert war, das war ein Touch mehr Exzentrik als auch bei Gästen des 24 Charming Street üblich.

Der Schrank von Mann, der ausstieg, war kaum weniger eindrucksvoll: mächtig von Statur, aber gepflegt bis zu den frisch polierten Ringen, die an buchstäblich jedem seiner neun Finger glänzten. Das fiel Richard als Erstes auf: dass der kleine Finger der linken Hand fehlte. Das tiefe Dunkel seiner Haut kontrastierte exzellent mit dem Hochweiß seiner Zähne (und dem Gold der oberen Schneidezähne). Die Stimme wiederum war so tief und zugleich sanft, dass man hätte meinen können, Santa Claus persönlich stünde an der Rezeption (aber der Gedanke mochte jahreszeitlich bedingt sein).

»Was haben Sie denn noch Schönes frei für mich?«, sagte der Mann und nahm seine Sonnenbrille ab.

»Tut mir leid, Sir«, erwiderte Richard wahrheitsgemäß. »Wir würden Ihnen mit dem größten Vergnügen unsere Gastfreundschaft anbieten. Aber ich fürchte, wir sind bis auf das letzte Zimmer besetzt.«

»Fürchten Sie das? Oder ist das so?«

»Es ist so, Sir.«

»Tja, dann ...«, stellte der Mann fest und blickte sich

in der Lobby um. »Hm. Sagen Sie, Mister, ist hier eine Martine Bonnechance zu Gast?«

Richards Miene blieb unverändert freundlich und entgegenkommend. Allerdings blieb ihm keine andere Möglichkeit, als dem Besucher zu bescheiden: »Dazu kann ich Ihnen leider keine Auskunft geben, Sir.«

»Hm. Aber Sie können ihr eine Nachricht von mir zukommen lassen, richtig?«

»Sagen wir so, Sir: Falls sie im Hotel logiert, könnte ich das tun, ja.«

Der Besucher nickte. »Gut«, sagte er und nahm eine Visitenkarte hervor, die er Richard über den Empfang reichte. »Geben Sie ihr das.«

Während eine junge Frau aus Glasgow verzweifelt am Fenster ihrer Suite saß und in die Dämmerung dieses Weihnachtstags starrte, begaben sich nach und nach andere auf ihre Zimmer, um sich fürs Dinner umzuziehen, oder saßen noch bei Tee und Gebäck in der Lobby und lauschten den schottischen Christmas Traditionals, die Mr Richmond leise am Piano klimperte. Mancher hatte eines der Bücher aus der ungewöhnlichen Sammlung des Hauses zur Hand genommen und las oder betrachtete Abbildungen (sei es über *Die Macht der Mätressen* oder über *Seide. Der Stoff, aus dem die Träume sind*, sei es über *Die düsteren Legenden der Highlands* oder über *Seemannsgarn von den Hebriden*).

Kiharu hatte sich wieder in der Bar eingefunden und

verwöhnte die Gäste mit allem, was es an Getränken gab, während sie nebenher eine Runde Scrabble mit Miss Lilian spielte, dem Stammgast von zarten dreizehn Jahren, und gelegentlich einen Kommentar zu den Überlegungen der First Lady abgab, die sich dazugesetzt hatte und über die Weltlage sinnierte (und über die Frage, warum ihr nie ein Black Bun gelang).

Im Backoffice hatte Ms McFarrows völlig vergessen, dass sie längst hätte nach Hause gehen können. Zu sehr gefesselt war sie von den Artikeln, die ihr Richard vorbeigebracht hatte. *Odile-Mania in Newcastle – Paris erobert die Royal Albert Hall – Ein Engel ist herabgestiegen ...* Kein Lob war zu groß, keine hymnische Verehrung zu gewagt: Odile Tourée hatte die Insel von Brighton bis Edinburgh im Sturm erobert – um wenig später offenbar in völlige Vergessenheit zu versinken. Und nun war die alte Dame im 24 Charming Street zu Gast, nach all den Jahren, nach all den Erfolgen und Niederlagen. Kurz kam es Ms McFarrows in den Sinn, dass sie meinte, nicht eine alte, sondern eine junge Lady als Weihnachtsgast im Haus gesehen zu haben (wenn man in dem Fall überhaupt von einer »Lady« sprechen konnte), und dass Richard doch von Zimmer 2 gesprochen hatte. Aber dann wischte sie die Gedanken beiseite. Denn bekanntlich kann nicht sein, was nicht sein darf. Und sie tippte in Windeseile, beseelt von der Idee, einen Beitrag zur Kulturgeschichte der Insel zu verfassen, ihren Artikel für die nächste Ausgabe der *24 CS Times*, die die Gäste am kommenden Morgen im Frühstücksraum und in der Lobby vorfinden würden. Sogar ein kleines Liedchen ging ihr dabei durch den Kopf, das sie kannte (das einzige französische Chanson, von dem sie drei Worte beherrschte: »Aux Champs-Élysées …«).

Draußen hatte der Wind wieder zugelegt, es würde am nächsten Tag gewiss einen Orkan geben. Die Insulaner liebten das ja, hieß es, weil es »das eigentliche Wetter der Insel« sei. Die Gäste des Hotels bemerkten jedoch kaum etwas davon, da sie ohnehin keinen Anlass hatten, das Haus zu verlassen.

Und so nahm ein Abend seinen Anfang, der nicht zuletzt zwei Menschen etwas Zeit miteinander ermöglichen würde, die so unendlich viel Zeit in ihrem Leben verloren hatten.

Es war schon spät, die meisten Gäste hatten sich auf ihre Zimmer zurückgezogen (die junge Frau aus der Weihnachtssuite war übrigens gar nicht erst aufgetaucht), etliche Tische waren bereits von den dienstbaren Geistern des Restaurants für das morgige Frühstück eingedeckt worden, da betrat eine elegante Dame im Kleinen Schwarzen das Rigg's Inn und blickte sich um.

»Wie schön, dass Sie gekommen sind, Madame«, begrüßte David, der an diesem Abend den Empfang im Speisesaal betreute, sie mit einem strahlenden Lächeln, als wäre er eben erst aus einem erquickenden Bad gestiegen, frisch und erholt. »Darf ich Sie bitten, mir zu folgen?«

Die ältere Dame nickte freundlich und ließ sich von

dem Pagen zu einem durch einen Paravent vom restlichen Speisesaal abgetrennten Bereich bringen, wo sie einen elegant gedeckten Tisch vorfand, auf dem eine Kerze schon ein wenig heruntergebrannt war, wo hinter dem Fenster die Lichter von Portree funkelten, wo man von niemandem gesehen wurde – und wo Richard Atkins saß, in seinem perfekten Smoking, mit seiner perfekten Haltung, aber einem für ihn ganz ungewöhnlich zweifelnden Gesichtsausdruck.

Als er sie erblickte, atmete er auf, erhob sich, griff nach ihrer Hand, küsste sie und sagte: »Danke, dass du meine Einladung angenommen hast.«

»Eine Einladung in einem Korb voller Präsente – wer könnte da schon widerstehen?«, entgegnete Odile Tourée und spürte, wie ihr Herz schneller schlug.

»Champagner?«

»Rosé.«

»Selbstverständlich.«

Richard gab David ein Zeichen, sich zu kümmern, und wartete, bis die Lady sich gesetzt hatte, ehe er selbst wieder Platz nahm. »Du siehst umwerfend aus«, stellte er fest.

»Ich weiß«, sagte Odile. »Du aber auch.«

Zu ihrem Entzücken nahm Mr Richmond noch einmal an seinem Flügel Platz und spielte einige letzte Weihnachtsmelodien an diesem verzauberten 26. Dezember, der nur noch sehr kurze Zeit dauern würde. Und Odile Tourée fühlte sich glatt dreißig Jahre jünger – oder mehr.

Unerwartete Wendungen

Manchmal im Leben muss man Entscheidungen treffen – und manchmal sind es unbequeme. Man kann sich vielleicht einige Zeit davor drücken, aber letztlich sind es die Entscheidungen, die einem ein Bekenntnis abringen. Mitunter kann es freilich dauern, bis man sich dazu entschlossen hat. Nächte, in denen man wachliegt und sich wälzt, mögen zwar quälend sein, aber sie sind hilfreich. Zumindest in Nicholas McLaughlins Fall war es so.

Nachdem er sich die ganze Nacht (zugegeben, sie war nicht besonders lang) im Bereitschaftsraum gewälzt hatte, war er mit dem Wissen aufgestanden, dass die Würfel gefallen seien.

Er schlüpfte in seine private Kleidung, warf kurz einen Blick in den Spiegel, stöhnte und machte sich auf den Weg. Es war wichtig, dass er seine Mission vor Dienstbeginn hinter sich brachte. Das war das Mindeste an Haltung, was man von ihm erwarten durfte. Und Haltung hatte er an diesem Ort gelernt (auch wenn es manchmal etwas länger brauchte, sich zu ihr zu bekennen).

Und so kam es, dass der Page und Chauffeur Nicholas McLaughlin am sehr frühen Morgen des 27. Dezember durch die Flure des 24 Charming Street huschte, um den Portier und führenden Mitarbeiter des Hauses abzupassen, ehe dieser seinerseits zur Arbeit antrat. Beider Dienstbeginn wäre übrigens um sieben Uhr gewesen. Doch überrascht stellte Nick fest, dass Mr Atkins' Tür nicht wie üblich um kurz vor sieben aufging. Zaghaft klopfte er deshalb an und lauschte. Er musste noch einmal klopfen. Und noch ein drittes Mal. Dann erst – und es war 6:59 a.m.! – erschien der Portier. Allerdings nicht hinter der Tür, sondern in Nicks Rücken. »Sie wollen zu mir, Nicholas?«

»Ja, Sir«, erwiderte Nick verwirrt. *Hat Mr Atkins gar nicht in seinem Zimmer geschlafen?*

»Kommen Sie gerne herein«, lud ihn der Chefportier ein und sperrte seine Tür auf.

Aber wo dann?

»Setzen Sie sich!«

Gerne wäre Nick dieser Aufforderung nachgekommen. Doch was er zu sagen hatte, konnte er nur im Stehen über die Lippen bringen. »Mr Atkins, Sir«, erklärte er. »Ich muss heute leider meine Kündigung einreichen.« Er holte Luft, wartete, dass die Welt unterging, und fügte, als das nicht zu geschehen beliebte, hinzu: »Das wollte ich Ihnen vorab sagen, weil ich Ihnen so viel verdanke, wie niemandem sonst.«

Erschöpfung kann etwas Wundervolles sein. Sogar ein kleiner Kater kann angenehm sein, wenn man ihn einem großen Glücksmoment verdankt. Und wenn man nicht aus dem Bett muss, sondern bei leiser Musik darauf warten kann, wie vor dem Fenster mit gütiger Zuverlässigkeit ein neuer Tag heraufdämmert, während man selbst halb im Schlaf und halb wach durch Raum und Zeit schwebt. So etwa fühlte es sich für Odile Tourée an, als sie in ihrem kleinen Zimmer in ihrem großen Bett lag, dem noch der Duft der Nacht anhaftete – was ihr ein Lächeln ins Gesicht zauberte.

Dieses Lächeln verflog auch nicht, als sie irgendwann doch aufstand, eine wohlig prickelnde Dusche nahm, ihr bordeauxrotes Etuikleid (und die dazu passende Unterwäsche) wählte, in ihre Strümpfe schlüpfte, sich ein wenig das Haar zurechtmachte, noch einmal kurz die Augen schloss und an die Nacht zurückdachte, als sie sich schminkte (nicht zu viel; dramatisch blieb dem Abend vorbehalten) und ihren Schmuck anlegte. Ja, selbst als sie zu der Karte griff, die Richard ihr gegeben hatte, und die Nummer wählte: »Kommen Sie zum Tee ins 24 CS. Elf Uhr«, sagte sie. Mehr nicht. Den Rest würden sie dann besprechen.

Ja, an manchen Tagen konnte man sich um Jahre jünger fühlen, ach was: um Jahrzehnte! Und dies war ein solcher Tag, eindeutig.

Aus dem Gästebuch vor fünfzig Jahren

Seit vielen Jahrzehnten führt das 24 CS ein Gästebuch, das allen Besuchern offensteht. Wir sind stolz darauf, den unterschiedlichsten Menschen bei uns ein Zuhause bieten zu können. Und wir sind stolz, wenn unsere Gastfreundschaft angenommen wird, wie es mancher Eintrag im Gästebuch zeigt. Pablo Picasso hat uns das Geschenk einer Zeichnung im Gästebuch gewährt, Dimitri Schostakowitsch hat einige Takte für das Hotel komponiert, ihre Königliche Hoheit Princess Margaret hat einen Pfotenabdruck ihres Beagles hinterlassen … Vor genau fünfzig Jahren hatten wir einen Gast, der am Ende einer fulminanten Tournee durch das Vereinigte Königreich hier zur Ruhe kommen wollte und in unsere Chronik schrieb: Merci beaucoup pour la plus bon temps de ma vie – I will never leave you, you will always be in my heart.

Odile Tourée war in ihrer Zeit einer der umjubeltsten Stars auf den Bühnen der Welt. Und nun, fünfzig Jahre später, haben wir die Ehre, ihre Enkeltochter bei uns zu Gast zu haben. Es ist, wie wir es uns seit jeher wünschen: Wer ins 24 Charming Street kommt, wird Teil unserer Familie.

Richard faltete die kleine Zeitung beiseite, die Ms McFarrows gestaltet hatte (übrigens mit einem hinreißenden Bild der jungen Odile Tourée, der echten, im Glitzerkleid und mit Federkopfschmuck auf der Bühne), und lächelte amüsiert über den Stil des Artikels. Aber sie hatte es durchaus auf den Punkt gebracht – wenn man von der kleinen Ungenauigkeit am Schluss absah, deren Aufklärung er ihr aber erst einmal weiterhin vorenthalten würde.

Auch Kate legte die *24 CS Times* beiseite und dachte über die Zeilen nach, die sie da gelesen hatte. Nach fünfzig Jahren war die Enkeltochter hier zu Gast? Keine Frage: Der Verfasser dieses Artikels ging davon aus, dass sie Odile Tourée war – und da sie nicht siebzig oder so war, sondern unter dreißig, konnte sie wohl nur die gleichnamige Enkeltochter der einstmals berühmten Sängerin sein. Was voraussetzte, dass es noch einen Menschen gab, der seiner Tochter den Namen Odile gab. Das klang ja schon wie Oldie. Unfassbar, oder? Und absurd. Wie die ganze Geschichte, die sie hierher verschlagen hatte. Dass die eigentlich eingeladene Frau – ob es nun die »wahre« Odile Tourée war oder ihre Tochter oder Enkeltochter oder jemand, der bizarrerweise genauso hieß – just an dem Tag nicht aufgetaucht war, an dem Kate Goodwin in einem Akt verzweifelten Mutes die Gelegenheit beim Schopf gepackt und sich zuerst die Limousine und dann auch noch die Suite geschnappt hatte, das war in der Tat ein Zusammenspiel des Schicksals, das man nicht hätte bestellen können.

Anders als die Scrambled Eggs hier! Kate gab Lizzy ein Zeichen und orderte noch einmal eine Portion. Wer vermochte schon zu sagen, wann sie wieder so verwöhnt werden würde wie hier – ob überhaupt jemals wieder in ihrem restlichen Leben. Sie schloss die Augen und versuchte, den Gedanken zu unterdrücken, dass dieses Leben verdammt kurz sein konnte, wenn man sich mit den falschen Leuten abgab. Das war ihr gestern in den Sinn gekommen, als sie Johns Augen hatte funkeln sehen. Es war kein weihnachtliches Funkeln gewesen, sondern ein gefährliches, ein finsteres. Vielleicht ein böses.

Sie musste zusehen, dass sie Land gewann, musste weg sein, ehe John wieder auftauchte.

»David?«, sprach sie den Mitarbeiter an, der die Gäste vorne begrüßte und gelegentlich zu einem freien Tisch geleitete, wie eben gerade das schwedische Ehepaar an den benachbarten.

»Ma'am?«

»Sagen Sie, könnten Sie mir den Wagen besorgen?« Sie hätte so gerne Nick gefragt, aber der war nirgends zu sehen. Obwohl sie andererseits das Gespräch mit Nick fürchtete. Beim letzten Mal hatte sie einfach seine Limousine entführt. Diesmal kam sie weder an seine Hosentaschen noch hätte sie ihm das ein weiteres Mal antun wollen. Zugleich scheute sie sich, ihm zu sagen, dass sie endgültig abreisen würde. So schön war die vorletzte Nacht gewesen, die sie zusammen verbracht hatten, so sehr hatte sie seine Gegenwart genossen. Und er erkennbar auch die ihre.

»Aber selbstverständlich, Ma'am. Wann wäre es Ihnen genehm?«

»Oh. Genehm, ja. Hm. Möglichst schnell. Sagen wir in einer Viertelstunde?«

»Gewiss, Ma'am.«

»David?«

»Ja, Madame?«

»Zwanzig Minuten wäre besser.«

»Zwanzig Minuten. Ganz wie Sie wünschen, Ma'am.«

Der Hoteldiener wandte sich ab und war schon im Begriff, nach drüben zur Rezeption zu gehen, da rief ihn Kate noch einmal. »David!«

»Ma'am?«

»Sagen Sie … Der Chauffeur …«

»Nicholas?«

»Nicholas, ja. Wird er … ich meine, hat er Dienst?«

»Soweit ich weiß, Ma'am …«

»Gut. Hm. Gut, danke.« Damit entließ sie ihn, nickte Lizzy zu, die ihr eine Portion Rührei hinstellte (wie immer mit diesen fabelhaften Toaststreifen, die auf einer Seite eine Kräuterkruste hatten), und beschloss, dass sein musste, was nun einmal sein musste.

Wenige Minuten später war sie wieder auf ihrer Suite. Zum letzten Mal. Hastig packte sie ihre paar Sachen, stopfte noch einmal in ihren Rucksack, was es zu klauen gab (also weitere Seifen, Shampoos, kleine Toilettenartikel, neu aufgefüllter Minibar-Inhalt und dergleichen mehr, die fabelhaften Hotelhausschuhe nicht zu vergessen), und stürmte dann nach einem letzten wehmütigen

Blick über diesen unfassbaren Weihnachtstraum auf den Flur und die Treppe hinunter in die Halle und hinüber zur Rezeption.

»Vielen Dank für alles«, sagte sie hastig und legte ihren Schlüssel auf die Theke – im selben Moment, in dem draußen der Wagen vorfuhr, am Steuer in seiner eleganten Uniform Nick, was ihr einen Stich ins Herz gab. Verdammt, wie sentimental konnte man eigentlich sein! Das hier war doch letztlich alles nur Show, oder? Ein großer Bluff für Gutbetuchte, die sich leisten konnten, Urlaube in einem Luxusfreizeitpark für Fortgeschrittene machen zu können, während sich draußen in der normalen Welt die Leute überlegen mussten, ob sie sich einen echten Weihnachtsbaum leisten konnten oder doch lieber einen aus Plastik für zehn Pfund von Selfridges nehmen sollten, der dann für die nächsten zwanzig Jahre hielt.

Es klappte nicht. So sehr sie sich in diesem Moment gewünscht hätte, alles hier zu verachten: Sie musste sich eingestehen, dass das Gegenteil der Fall war – sie liebte es.

Richard hatte dennoch keine Gelegenheit, etwas zu entgegnen, da sich im selben Augenblick die Ereignisse überschlugen.

Die alte Lady, die sich Martine Bonnechance nannte, hätte womöglich noch einen Blick auf ein Spinnen-Tattoo erhaschen können, das im selben Moment, in dem sie vom Treppenaufgang her die Halle betrat, gegenüber durch den Ausgang huschte. Allein sie hatte keine Möglichkeit dazu, weil sich ihr sogleich eine imposante Gestalt in den Weg stellte, deren bemerkenswerte Körperfülle geradezu perfekt mit ihrer autoritären Ausstrahlung kombinierte. »Ich dachte schon, Sie tauchen nicht mehr auf«, sagte der Schwarze, der aus seinem Sessel in der Lobby aufgestanden war.

»Eine Dame kommt nie pünktlich«, klärte ihn Odile Tourée mit nachsichtigem Lächeln auf. »Setzen wir uns?«

Sie ließ sich nieder, ohne auf eine Antwort zu warten. Der Hüne blieb einen Moment lang stehen, als müsste er überlegen, wie er mit dieser Frau umgehen sollte. Dann ließ er sich in einen der riesigen Fauteuils fallen, die unter ihm mit einem Mal geradezu zierlich wirkten, während Richard von seinem Platz hinter dem Empfang aus neugierig die Szene beobachtete – allerdings nur, bis er, Sekunden später, von einem Neuankömmling abgelenkt wurde, den er bereits einmal als unangenehme Erscheinung im 24 CS wahrgenommen hatte: dem jungen Mann, der gestern auf überaus fragwürdige Weise Miss Goodwin an der Bar heimgesucht hatte.

Mit schnellen Schritten ging der Besucher durch die Lobby, sah sich um, fing im Vorbeigehen den Blick des Gesprächspartners der älteren Dame auf, stockte kurz, eilte in die Bar, drehte sich einmal um sich selbst, ehe er den Kopf noch in den Frühstücksraum steckte. Sogleich tauchte er wieder in der Hotelhalle auf, um Richard an der Rezeption anzusprechen.

»Ich suche einen Gast. Kate Goodwin.«

»Es tut mir leid, Sir, aber eine Ms Goodwin ist bei uns nicht zu Gast«, erwiderte Richard wahrheitsgemäß.

»Ach kommen Sie, Mann, ich war selbst in ihrer Suite. Nummer 7. Natürlich ist sie da. Rufen Sie an. Sie soll runterkommen.«

»Oh, da muss ich Sie enttäuschen«, erwiderte Richard. »Die betreffende Dame ist gerade abgereist.« Vielleicht war es dem Mangel an Schlaf anzukreiden, vielleicht der Überfülle des Glücks, dass sich dieser Mann, dem die Selbstbeherrschung zum tiefsten Selbstverständnis geworden war, für den Bruchteil einer Sekunde nicht im Griff hatte, sodass sein Blick zur Tür hin flackerte. Der ungebetene Gast jedenfalls hatte genügend Killerinstinkt, um diese Andeutung einer Geste zu erkennen und seine Schlüsse daraus zu ziehen: Im nächsten Augenblick schon stürmte er nach draußen, entdeckte den Vauxhall, der noch dastand, und riss die Tür auf.

Nun, vielleicht war es auch nur eine ganz besondere Form von Kalkül gewesen, die Richards Blick für den Hauch eines Wimpernschlags nach draußen gelenkt hatte …

Inselstürme und Pfefferminzsoßenflecken

In dem Moment, in dem sie vor den Eingang trat, blieb der Wagen stehen, und Nick stieg aus. Er setzte seine Kappe auf, nickte ihr zu, ohne dass seine Miene verraten hätte, was in ihm vorging. Dann öffnete er die Tür zum Fonds.

»Bitte, Ma'am«, sagte er und verbeugte sich.

Kate stieg ein, und wie von selbst wanderte ihre Hand in den Schlitz, der rechts neben der Rückbank war und in dem sie ihr Päckchen in Sicherheit gebracht hatte, ehe sie mit Nick … Aber das wissen wir ja alle. Endlich konnte sie die Ware in Sicherheit und alles in Ordnung bringen. Dachte sie. Doch da war nichts. Das Päckchen war weg!

»Wohin möchten Sie fahren, Ma'am?«, fragte Nick, der wieder auf dem Fahrersitz Platz genommen hatte.

What the fuck?, schoss es Kate durch den Kopf. Kein Mensch kann uns hier hören! Was soll der Scheiß mit *Ma'am*? Klar, sie hatte ihn gekränkt, indem sie letzte Nacht nicht geöffnet hat, als er geklopft hatte, indem sie ihm aus dem Weg gegangen war, indem sie den Wagen bestellt hatte und … Sicher musste er denken, sie hätte ihn nur benutzt. Und ja, dieses Gefühl kannte sie verdammt gut. *Sorry, Mann. Aber wo verdammt ist das Päckchen?*

»Kann es sein, dass du kürzlich hier etwas gefunden hast?«

»Etwas gefunden?« Nick gab sich ahnungslos.

»Ein ... Päckchen.«

»Vielleicht möchten Sie mir das etwas genauer erklären, Ma'am?«

Schon klar. Sie hatte ihn scheiße behandelt. Zumindest musste er das so sehen. Trotzdem: »Nick!«

»Ma'am?«

»Ich bin nicht *Ma'am*. Und auch nicht *Madame*. Ich bin ...«

»Odile Tourée?«

Zum Teufel, jeden Augenblick konnte John hier auftauchen! Sollte sie jetzt im Ernst erklären, was sie selbst kaum verstand? Dass sie verdammt noch mal so blöd gewesen war, auf dem Weg zur Arbeit »einem Freund etwas vorbeizubringen«; dass sie hätte ahnen können, dass das ein Bullshit-Job war, der ihr nur Ärger bringen würde; dass sie es trotzdem gemacht hatte, weil sie ... weil sie nun einmal Angst hatte, John einen Wunsch abzuschlagen, weil John ... weil er ... Und in dem Moment sah sie ihn das Hotel betreten.

»Nick, du musst mir helfen. Bitte.«

Ein leichtes Schneegestöber hatte eingesetzt. Der Wind trieb die Flocken quer über die Insel und wirbelte sie über die Straßen und Wege. Wie ein funkelndes Juwel lag das 24 Charming Street leuchtend in der Landschaft, davor der legendäre Vauxhall Light Six – und ein etwas absurder Mercedes-Benz, der beinahe doppelt so groß wirkte und golden glänzte wie eine Christbaumkugel. Friedlich lag die Insel in der Irischen See. Die Tage zwischen den Jahren waren ruhige, familiäre, unaufgeregte – wenn man nicht gerade Kate Goodwin hieß und sich von zwei Seiten verfolgt fühlte.

Über die Hügel näherte sich der Linienbus, in dem kaum jemand saß, außer Harold natürlich, auf den an jedem Tag des Jahres Verlass war.

Nicht im Geringsten zur Ruhe dieser Szenerie passte der Auftritt eines jungen Mannes im schwarzen Outfit, der aus dem Hotel gestürmt kam und den Chauffeur des hauseigenen Oldtimers anherrschte.

»Wo ist sie?«

»Wo ist wer, Sir?«, fragte Nick und gab sich völlig unwissend.

»Ihr Weihnachtsgast? Die junge Frau, die abreisen wollte!«

»Oh, ich nehme an, Sie meinen Miss Goodwin?« Nick deutete auf den Bus, der in dem Moment wieder losfuhr. Tatsächlich saß Kate darin.

Der ungebetene Besucher zögerte keinen Augenblick, sondern streckte die Hand aus. »Die Schlüssel!«

»Pardon?«

»Für den Wagen.«

»Tut mir leid, Sir, aber diesen Wagen darf nur ich fahren.«

Der junge Mann verdrehte die Augen, schien für einen Moment zu überlegen, ob er die Sache mit den Fäusten regeln sollte, sprang dann aber lieber doch in den Vauxhall, als stünde ihm dieses Privileg ganz selbstverständlich zu, und befahl: »Fahren Sie hinterher, sie hat etwas Wichtiges vergessen.«

Nick hob die Hände und fügte sich in sein Schicksal. »Sehr wohl, Sir«, seufzte er und stieg ebenfalls ein.

Man kann das Wetter bekanntlich nicht bestellen. Und wer es jemals eilig hatte, weiß, dass es bevorzugt zu schneien beginnt, wenn man sich auf den Weg machen muss – je dringender es ist, umso mehr schneit es zumeist. Und genau das tat es auch nun. Das Schneegestöber nahm zu, der Vauxhall fiel etwas zurück. Und noch etwas. Da half auch das Drängeln von der Rückbank nichts. Die Topografie der Isle of Skye ermöglicht es, dass eine Verfolgungsjagd gleichermaßen zeitlupig wie gemeingefährlich sein kann: Nick steuerte den Wagen durch die halsbrecherischen Kurven, Steigungen und Gefälle, dass sie mehr als einmal am Rande der Katastrophe entlangschlitterten – buchstäblich. Harolds Bus indes war im Schneetreiben kaum noch zu erkennen.

Wieder und wieder bellte der Fahrgast von hinten: »Nun machen Sie schon, Mann!« Oder: »Ich mach Sie fertig, wenn wir den Bus nicht erwischen!« Aber tatsächlich waren es vor allem der Weg und die Fahrt, die umgekehrt den unfreundlichen Herrn aus Glasgow fertig machten. Während draußen die Elemente der Kälte die Welt beherrschten, lief dem Mann im Wagen der Schweiß in Strömen herab. Nick blieb bei alledem jedoch die Gelassenheit in Person: Er hatte vom Besten der Besten gelernt, von Richard Atkins. Und den hätte kein unbeherrschter Fahrgast und kein Schneesturm jemals von den ehernen Grundsätzen des 24 CS abgebracht: stets Haltung zu wahren, stets höflich zu bleiben und stets die Dinge unter Kontrolle zu behalten.

Auf diese Weise langten sie schließlich zum Bahnhof von Portree, ohne dass Nick Schaden an Leib und Leben genommen hätte und ohne dass der ungebetene Fahrgast völlig durchgedreht wäre. Auch der Bus war gerade erst zum Stehen gekommen.

»Bleiben Sie direkt neben dem Bus stehen«, befahl der Mann aus Glasgow. Nick tat, wie ihm geheißen. »Nein, nicht auf der Seite, auf der anderen!«

Doch Nicholas McLaughlin parkte den Vauxhall so, dass die Türen auf der Beifahrerseite sich nicht öffnen ließen: haarscharf neben der linken Seite des Busses. Während der Mann im Fonds noch fluchte und auf die rechte Seite zu rutschen versuchte, sprang Nick aus dem Wagen und verriegelte die Türen. Zum Glück hatte dieses wunderbare Fahrzeug, an dem so vieles original war, eine Sicherheitsverriegelung, die mit einem Knopfdruck auszulösen und ohne die entsprechende Fernbedienung nicht zu öffnen war. Dass die hintere rechte Seitenscheibe auch noch klemmte, war purer Zufall und eigentlich ein Ärgernis – in diesem Fall aber vor allem eine glückliche Fügung.

Nick betrachtete den wütenden Mann, der vergeblich an der Tür rüttelte und mit der Faust gegen die Scheibe schlug. Es war gut, dass er sich so aufregte. Das würde dafür sorgen, dass er das Päckchen nicht entdeckte, das sich wieder in der Ritze neben der Rückbank befand. Manchmal ließen sich auch scheinbar hoffnungslose Angelegenheiten einigermaßen elegant regeln, befand Nick, während er sein Mobiltelefon zückte und die Nummer der Polizei wählte. »Mr Fleming? Sie suchen doch nach dieser Person … Ich meine, wegen des Colliers … Sie finden beides in unserer Hotellimousine am Bahnhof.«

Durch das hintere Fenster des Busses hatte Kate für einige Zeit noch den Wagen des Hotels verfolgen können. Und natürlich hatte sie gewusst, dass John ihn gekapert hatte. Entweder saß er selbst am Steuer, oder er hatte Nick gezwungen, ihnen hinterherzufahren. Dann, nach einer Weile, war der Vauxhall im dichten Schneegestöber nicht mehr auszumachen gewesen. Als Portree vor ihnen aufgetaucht war, hatte Kate erleichtert aufgeatmet und für einen Moment sogar beinahe mitbekommen, was Harold alles zu erzählen gewusst hatte von Stürmen, die er auf der Insel erlebt hatte, von dem Winter, in dem sämtliche Straßen zu Eisbahnen geworden waren, von der Wollmütze, die er dem Prince of Wales bei dessen Besuch auf der Insel geliehen hatte, und der Überraschung, als er sie – selbstverständlich aus Versehen – nicht mehr zurückbekommen hatte (dafür aber ein Autogramm mit Widmung und Pfefferminzsoßenfleck).

Gerade als sie aussteigen wollte, bog der Vauxhall doch wieder um die Ecke und war im nächsten Moment beim Bus. Allerdings nicht auf der Seite, auf der er Kate den Weg hätte blockieren können, sondern auf der anderen. Und blockiert war vor allem der Fahrgast der Limousine! Kate konnte John im Wagen fluchen sehen und sogar hören! Er warf sich herum, als Nick schon auf der Fahrerseite herausgesprungen war und die Türen verriegelt hatte. Kates Herz klopfte bis zum Hals. Er hatte ihn eingesperrt! Nick hatte John festgesetzt!

Ein überwältigendes Gefühl der Dankbarkeit durchströmte die junge Frau, die mit einem Mal spürte, wie ihre Knie weich wurden. Denn sie erkannte, was Nick da gerade für sie getan hatte. Und weil sie wusste, wie John war, vermochte sie es noch viel besser zu würdigen. Am liebsten wäre sie Nick um den Hals geflogen, hätte ihn umarmt und geküsst. Doch er hatte sein Handy herausgeholt und telefonierte, während John im Wagen tobte und gegen die Scheiben schlug. Und dann entdeckte sie die Anzeigetafel am Bahnsteig und erkannte, dass der Zug in drei Minuten abfahren würde. Ihr Zug. Glasgow, Main Station. Wenn sie jetzt nicht fuhr, würde sich das Fenster, dieser winzige Zeitraum, in dem alles in ihrem Leben wieder in Ordnung kommen konnte, vielleicht für immer schließen, und dann ... Andererseits war da Nick. Und die Insel. Und das Hotel. Und ...

»Ma'am? Wenn Sie mitfahren wollen, müssen Sie sich beeilen!«, rief der Schaffner, der sie vom Bahnsteig aus beobachtet hatte.

Kate nickte tapfer, warf einen letzten Blick auf Nick

(der sein Smartphone wegsteckte und grinste), wagte einen letzten Blick auf John (der zurückstarrte, als könnte er sie allein damit schon massakrieren), schnappte nach Luft und lief hinüber zum Zug. Manchmal bietet dir das Leben keine Wahl, erinnerte sie sich an einen Spruch ihrer verstorbenen Großmutter. Dann nimm es, wie es ist. Sie hatte es zu ihr gesagt, kurz bevor sie zum letzten Mal die Augen geschlossen hatte. Für immer.

Von seinem Platz neben dem Wagen aus sah Nick, wie sich die Frau von der Insel verabschiedete, für die er bereit gewesen war, alles aufzugeben, nachdem er bereit gewesen war, alles für sie zu riskieren. Seufzend wandte er sich ab und stieg in den Bus.

»Gerade noch rechtzeitig, mein Junge«, grüßte Harold. »Geht's wieder zum Hotel?«

»Ja, Harold. Danke.«

»Oh. Mit dem größten Vergnügen«, erwiderte der Busfahrer. »Nettes Mädchen übrigens«, er nickte zum Zug hin, der ein Pfeifen von sich gab, während sich nach und nach die Türen schlossen.

Auch die Tür des Busses schloss sich, indes die Hauptstraße herab ein Polizeiauto mit etwa zwanzig Meilen die Stunde herangeschossen kam (die Wetterverhältnisse …). Und gerade als Harold aufs Gaspedal drückte und die beiden Insel-Cops neben dem Vauxhall anhielten, setzte sich drüben auf Gleis 1 der Zug in Bewegung. Harold schüttelte den Kopf. »Das müssen Sie mir erklären, Mr McLaughlin«, sagte er. Doch er bekam keine Erklärung – Nick konnte es sich schließlich selbst nicht erklären.

Die Kunst der Überraschung

Vielleicht hatte alles so kommen müssen. Vielleicht war es ganz einfach Zeit für Veränderung. Nick wartete vor dem Backoffice, dass Ms McFarrows auftauchte, um ihm die Papiere auszuhändigen. Mit dem heutigen Tag würde seine Kündigung wirksam werden: der 31. Dezember, Jahresende. Natürlich war nach zehn Jahren in Diensten des 24 Charming Street eine wesentlich längere Kündigungsfrist vorgesehen. Aber er hatte darum gebeten, unmittelbar nach Ende der Weihnachtssaison gehen zu können. Und seit Kate am 27. Dezember in den Zug gestiegen war und die Illusion einer Beziehung vollends zerstört hatte, war ihm ohnehin alles verleidet. Selbst die Arbeit als Chauffeur machte ihm keine Freude mehr: Es war, als hinge der Geruch des Bösen darin, als hätte dieser fiese Typ aus Glasgow den Wagen durch seine pure Präsenz verseucht, ihn mit bad vibrations infiziert.

Mit einer gewissen Genugtuung las Nick die Schlagzeile des Guardian, der im Drehständer neben dem Empfang neben etlichen anderen Zeitungen aushing:

Royales Collier wieder aufgetaucht

Schottische Polizei nimmt gesuchten Bandenchef fest

Er nahm die Zeitung zur Hand und las:

Am Tag nach Weihnachten gelang der Polizei von der Isle of Skye ein Coup, der Scotland Yard vor Neid erblassen lassen dürfte: Zwei Provinzpolizisten von Portree nahmen den gesuchten Bandenchef John Roper fest, in der Glasgower Unterwelt bekannt als »Dirty John« oder als »Der Mann mit den zwei Gesichtern«. Roper gilt als Drahtzieher einer Serie von Einbrüchen und Überfällen, bei denen in den letzten fünf Jahren Schäden in vielfacher Millionenhöhe verursacht wurden. Am spektakulärsten war der Raub eines Colliers der Herzogin von Kent in der Woche vor Weihnachten. Das Schmuckstück sollte für einen guten Zweck versteigert werden, wurde dem Boten des Auktionshauses jedoch gewaltsam entrissen. Während drei Schwarzvermummte den Mitarbeiter von Sotheby's mit Waffen in Schach hielten, entfernte ein vierter Unbekannter mittels eines Bolzenschneiders den am Handgelenk des Boten mit Handschellen befestigten Koffer.

Während Scotland Yard eine unbescholtene junge Frau im Verdacht hatte, mit dem auf mehrere hunderttausend Pfund geschätzten Kunstwerk auf der Flucht zu sein, konzentrierte sich die Polizei der Isle of Skye offenbar auf die Suche nach dem Kopf der

Bande und wurde mit einem spektakulären Erfolg belohnt ...

»Nicholas?«

»Oh, Mr Atkins. Sorry.«

»Kein Problem. Es ist in der Tat eine interessante Geschichte, nicht wahr?«

»Das ist es, Sir.«

»Lassen Sie uns ins Büro gehen.«

Offenbar hatte der Portier die Aufgabe übernommen, Nick zu verabschieden. Seufzend folgte Nick dem alten Herrn mit der tadellosen Haltung ins Backoffice und nahm auf sein Zeichen hin auf dem Stuhl gegenüber dem Schreibtisch Platz, während sich Richard auf den Stuhl der Sekretärin setzte.

»Tja, ich wollte mich verabschieden, Mr Atkins«, erklärte Nick. »Und meine Unterlagen holen. Ich hoffe ...« Er zögerte. »Ich hoffe, mein Zeugnis berücksichtigt nicht nur die unrühmlichen Umstände meines Ausscheidens, sondern hält mir auch das ein oder andere zugute, das ich in den zehn Jahren hier ... nun ja, geleistet habe?«

»Das haben Sie ganz gewiss, Nicholas«, erwiderte Richard. »Zehn Jahre. Unglaublich, nicht wahr? Als Sie hier anfingen, waren Sie noch fast ein Junge. Und nun sind Sie ein eleganter, weltgewandter junger Herr, wie man wenige findet.«

Nick blickte zu Boden. »Es ist sehr freundlich, dass Sie das sagen, Mr Atkins, Sir. Wissen Sie ...« Es fiel ihm sichtlich schwer, die richtigen Worte zu finden. »Ich habe Sie immer bewundert. Und ich wollte immer ...

nun, ich hoffe Sir, Sie nehmen es mir nicht übel, wenn ich das sage, aber ich wollte immer so werden wie Sie.«

Richard schenkte ihm ein gütiges Lächeln. »Wie sollte ich es Ihnen verübeln, Nick. Man bekommt nicht oft im Leben ein solches Kompliment.«

Nick zuckte die Achseln. »Vielleicht. Aber was ist ein solches Kompliment schon wert, wenn der Betreffende so kläglich versagt hat.«

»Hat er das?« Richard stand auf und holte vom Sideboard, auf dem Ms McFarrows ihre Arbeitsmaterialien abzulegen pflegte, einen Stapel Zeitungsausschnitte. »Sehen Sie sich diese Artikel an, Nicholas. Diese Bilder.« Er reichte sie dem jungen Mann.

»Odile Tourée?« Nick stellte fest, dass die Zeit zwar kein Erbarmen kannte, aber die bezaubernde junge Frau aus diesen Berichten sah dennoch auf ganz verblüffende Weise der eleganten älteren Lady ähnlich, die in Zimmer 2 einquartiert worden war. Und auf einer der Fotografien … »Sie sind das, Sir?« Im Blitzlichtgewitter klammerte sich die Sängerin an den Arm eines Gentlemans, der sie durch die Reportermeute geleitete, als wäre er ihr …

»Womöglich haben Sie sich mehr an mir ein Beispiel genommen, als Ihnen bewusst war, Nicholas«, sagte Richard, der das Mienenspiel seines jungen Kollegen genau beobachtet hatte.

»Aber Sie hätten doch nie … Und Madame Tourée … Und das hier ist ja auch ganz woanders …«, versuchte Nick, die wirren Gedanken, die ihm durch den Kopf gingen, irgendwie zu ordnen.

»Edinburgh. Der letzte Auftritt auf ihrer Tournee. Sie war bereits vorher bei uns gewesen für einige Übernachtungen. Ich habe sie dann an die Ostküste gebracht.«

»Mit dem Vauxhall?«

»Mit dem Vauxhall. Und ich sollte sie auch wieder zurückbringen. Sie hatte eine Suite im Caledonian ...«

»Im Waldorf Astoria!«

»Nun, so hieß es damals noch nicht. Ich meinerseits war in einer kleinen Pension an der Johnston Terrace untergebracht. Das heißt, ich *wäre* dort untergebracht gewesen ...« Er blickte Nick eindringlich an. »Auch ich war einmal jung, Nicholas.«

»Ich verstehe nicht, Sir«, erwiderte Nick – weniger, weil er nicht verstand, sondern weil er nicht *wagte* zu verstehen.

»Doch, doch. Keine Fehler begeht nur derjenige, der nichts unternimmt. Wer tätig ist, wird Fehler machen. Und manchmal wird er auch gegen Regeln verstoßen.«

Nick schluckte. »Sie meinen: gegen eherne Regeln.«

Richard nickte ernsthaft. »Auch gegen eherne Regeln, Nicholas.«

Regeln wie: Niemals, unter keinen Umständen darf man einem Hotelgast zu nahe kommen. Höfliche Distanz ist der Kern unserer Haltung.

»Aber Sie ...!«

»Auch ich, Nicholas. Auch ich.« Richard hob die Arme in einer hilflosen Geste. »Und wie Sie sehen, habe ich das Handtuch nicht geworfen.«

»Die Umstände waren gewiss ganz andere«, gab Nick zu bedenken.

»Sie meinen: In Ihrem Fall war es eine begabte, aber sozial benachteiligte junge Frau, die sich mit Jobs und gelegentlichen Auftritten herumschlägt und das Pech hatte, in falsche Gesellschaft zu geraten, und in meinem Fall war es eine umjubelte Sängerin mit internationaler Karriere und gewaltigem Potenzial?« Richard setzte sich wieder hin und faltete die Hände vor seinen Lippen. »Wissen Sie, wie unfassbar winzig der Unterschied zwischen beidem ist, Nicholas? Derselbe Mensch mit denselben Talenten und denselben Ambitionen wird ein völlig anderes Leben leben, wenn die Umstände andere sind. Vielleicht wird Ihre Odile Tourée bald ein Star sein! Meine Odile Tourée war wenige Jahre nach dieser Aufnahme in Edinburgh völlig in Vergessenheit geraten.«

»Und Sie ...«

»Und ich habe mein kleines, unauffälliges Leben hier weitergelebt, weil wir ... weil sie ...« Es war eine der seltenen Gelegenheiten, bei denen auch der Portier des 24 CS um die richtigen Worte ringen musste: »Weil ich die falsche Entscheidung getroffen habe.«

»Ohne Hoffnung, sie noch einmal zu korrigieren?«, fragte Nick betroffen.

Da lächelte Richard sein feinsinniges Lächeln. »Im Gegenteil, Nicholas. Es gibt immer Hoffnung. Man muss sie nur zulassen.« Er legte die Papiere, die für Nick auf dem Schreibtisch vorbereitet gewesen waren, beiseite und fuhr fort: »Weshalb wir hier und jetzt auf Schritte verzichten, die nicht nötig sind, die Dinge aber nur unnötig kompliziert machen.«

»Verzeihung, Sir«, stotterte Nick. »Aber was soll das heißen?«

»Dass Sie weder gekündigt haben noch von mir irgendwelche Unterlagen bekommen werden.«

Als Richard wenige Augenblicke später an die Rezeption trat, geschah genau das, was er seit Tagen erwartet hatte: Eine junge Frau erwartete ihn dort, die Wangen ein wenig von Aufregung gerötet, vielleicht auch von Scham, ansonsten aber sehr aufgeräumt und freundlich.

»Sir«, sagte sie. »Ich schätze, ich muss mich noch bedanken. Bei Ihnen. Bei Nick. Beim Hotel.«

»Wie schön, dass Sie noch einmal wiedergekommen sind, Ma'am«, entgegnete Richard, diesmal auf die französische Form der Anrede verzichtend. »Denn Sie haben etwas Wichtiges vergessen!«

Also doch: Nun wollten sie sie also bezahlen lassen. Keine Chance, dachte Kate. Das Geld für so einen Schuppen hab ich sowieso nicht. Da hätte sie das Collier schon verkaufen müssen.

»Sie müssen noch eine Person benennen, die im nächsten Jahr unser Gast sein darf«, erklärte der Portier zu ihrer Verblüffung.

»Sorry?«

»Unser Brauch, Sie wissen schon …«

»Aber ich … Sie wissen ja längst selber, dass ich gar nicht …«

Richard hob die Hand. »Sagen Sie nichts, Ma'am.

Manche Dinge müssen nicht ausgesprochen werden. Man ist sich besser stillschweigend einig.«

»Einig?«

»Gewiss, Ma'am. Es ist in der Tat so, dass uns diese schöne Tradition, jedes Jahr einen Menschen mit einem Aufenthalt im 24 Charming Street zu beschenken, immer wieder Überraschungen beschert. Und manchmal scheint es geradezu, als suche sich dieser Brauch seine ganz eigene Erfüllung. Mir scheint es so, als wäre das in diesem Jahr wieder geschehen, wenn Sie mir die Bemerkung erlauben.«

Ja, sie waren schon wirklich außergewöhnlich hier. Sehr außergewöhnlich.

»Noch etwas, Ma'am ...«

»Noch etwas?« Kam jetzt endlich der große Haken?

»Vielleicht möchten Sie heute Abend unsere kleine Soiree besuchen? Eine bedeutende Chansonnière gibt uns die Ehre.«

Kate blickte verlegen zu Boden. »Es tut mir leid, Sir«, sagte sie. »Wenn ich es richtig gelesen habe, dann war die Suite nur bis heute *für Ihren Weihnachtsgast* reserviert. Ich fürchte, ich kann mir keinen Aufenthalt auf eigene Rechnung leisten.« Und ganz leise fügte sie hinzu: »Auch nicht für eine Nacht.«

»Tatsächlich? Da fällt mir etwas ein ...« Richard lächelte verschmitzt und reichte ihr einen Umschlag.

»Die ... Rechnung?«

Ein kaum merkliches Kopfschütteln. Kate öffnete das Kuvert und fand zu ihrem Erstaunen einen Scheck darin. Einen riesigen Scheck!

»Zehntausend Pfund?«, fragte sie verständnislos.

»Die Belohnung, Ma'am«, erklärte Richard. »Sie haben den entscheidenden Beitrag zur Ergreifung des Diebs dieses berühmten Colliers geleistet.«

»Aber ... aber ... das war doch nicht ich«, protestierte Kate. »Das war Nick!«

»Davon ist uns nichts bekannt«, erwiderte der Portier und erwartete sehr eindeutig keine Widerrede.

Nun hatte sie also das nötige Kleingeld, um noch für eine Nacht zu verlängern. Oder für zwei. Und genau das würde sie tun. »Wäre denn die Weihnachtssuite zufällig noch frei?«

»Zufällig wäre sie das, Ma'am«, sagte Richard und griff nach dem Schlüssel.

Den Tag über war die Bar geschlossen gewesen. Getränke konnten nur in der angrenzenden Lobby genossen werden, während nebenan hinter einer – an normalen Tagen völlig unsichtbaren – Falttür dienstbare Geister daran arbeiteten, den Raum bis zum Abend umzugestalten. Auf einer großen Tafel neben der Rezeption wurde geworben mit den Worten:

Silvesterparty
im 24 Charming Street

Erleben Sie einen unvergesslichen Abend mit musikalischen Highlights und neu kreierten Drinks aus Kiharus Bar!
Reservierung erforderlich

Das waren sie in der Tat! Denn bereits um 5:00 p.m. waren alle Plätze vergeben. »Tut mir leid, Nicholas«, erklärte Richard, als der Page, der an diesem Abend frei hatte, eine Reservierung vornehmen wollte. »Jeder Tisch ist voll besetzt.«

»Na dann«, erwiderte Nick und zuckte die Achseln. »Beim nächsten Mal vielleicht.«

»Gewiss, Nicholas. Es sei denn ...«

»Es sei denn?«

»Nun, Sie könnten sich an die Bar setzen. Zu Kiharu.«

»Ach, die Plätze sind nicht vergeben?«

»Aber nein. Und zufällig weiß ich, dass Kiharu noch ein oder zwei Hocker niemandem versprochen hat.«

Das freilich änderte sich binnen Minuten.

So kam es, dass Nicholas McLaughlin an jenem Abend zwar nach wie vor in Diensten des 24 CS, aber eben nicht im Dienst und deshalb zum reinen Vergnügen (er selbst hätte gesagt: zum Trost) die Silvesterparty des Hotels besuchte, die vielleicht nicht ganz so entspannt war wie die im Hank's Up und schon gar nicht so exzessiv wie die im Broadford Bazaar, dafür aber so überraschend, dass ihm glatt die Heidelbeere aus Kiharus Blue Dreams im Halse stecken blieb, als er in der Tür eine junge Frau mit Spinnen-Tattoo stehen sah.

Kates Blick schweifte durch den Raum, der bis auf den letzten Platz besetzt war, und blieb an Kiharu hängen, die ihr zuwinkte und auf den letzten freien Barhocker deutete – den neben Nick. Sie zögerte nur kurz, aber lang genug, um Nick damit einen Stich zu versetzen, dann kam sie herüber und setzte sich neben ihn, ohne ein Wort zu verlieren. Nick starrte demonstrativ zum Pianisten hin, der sein Weihnachtsrepertoire gegen leichte Salonmusik eingetauscht hatte. »Coole Deko«, hörte er Kate sagen. Doch als er aus den Augenwinkeln zu ihr hinsah, erkannte er, dass sie mit Kiharu gesprochen hatte.

»Ja«, erwiderte die Barfrau. »Ganz neuer Look.«

»Geil.«

Was stimmte. Die Kolleginnen, die für die Ausstattung zuständig waren, hatten ganze Arbeit geleistet: Über der kleinen Bühne hing sogar eine Glitzerkugel. Überall waren bunte Stoffbahnen aufgezogen worden, die die Bar wie ein riesiges orientalisches Zirkuszelt aussehen ließen, falls es so was gab. Besonders gefielen Nick die vergoldeten Mistelzweige, die zwischen die Stoffbahnen gesteckt waren, als stünde dieses Zelt in einem verwunschenen Zauberwald. Scheinwerfer, die diskret in allen Winkeln verborgen waren, taten ein Übriges, um eine magische Atmosphäre zu erzeugen. Unwillkürlich musste Nick seufzen.

»So schlecht?«, fragte Kiharu und nickte zu dem Glas hin, das er auf die Theke gestellt hatte.

»Überhaupt nicht!«, beeilte Nick, ihr zu versichern. »Er ist ... er ist großartig.«

»Möchten Sie auch einen Blue Dreams?«, fragte die Barfrau Kate.

»Klingt, als würde er zu mir passen«, entgegnete die und warf einen kurzen Blick auf ihren Nachbarn.

Nick hatte sich für diesen Abend schick gemacht. Er hatte sich ein dunkelgraues Hemd seines Bruders Paul ausgeliehen, das perfekt mit seinem nachtblauen Anzug harmonierte. Die Sneakers, die er von seinen Eltern zu Weihnachten bekommen hatte, passten ideal dazu (auch wenn sie im Licht dieser Veranstaltung etwas grell leuchteten).

»Er schmeckt noch besser, wenn man damit anstößt«, sagte Kiharu, als sie das Glas vor Kate abstellte.

»Ich probiere ihn erst einmal so«, erwiderte Kate, nippte und nickte anerkennend.

Und wieder flackerte ihr Blick hin zu Nick – der ihn auffing und schlucken musste. Sich räusperte. Und schließlich nach seinem Glas griff, um es ihr hinzuhalten: »Es tut mir leid«, sagte er.

»Es tut … dir leid?«, fragte Kate verunsichert. Sie stieß ganz vorsichtig mit ihrem Glas an seines und nahm einen kleinen Schluck, während er seines wieder wegstellte.

»Ja«, erklärte Nick. »Ich war naiv. Ich meine: Ich arbeite hier als Page. Ich hätte wissen müssen, dass ich nur ein One-Night-Stand für dich bin … war«, korrigierte er sich. »Und damit hätte ich absolut klarkommen können. Müssen.«

Kate schnappte nach Luft und wollte gerade etwas erwidern, da wurde das Licht gedämmt bis auf einen einzigen Strahl, der den Platz unter der Glitzerkugel erhellte. Und dann trat die Frau auf die Bühne, die wie keine andere aus einem glanzvollen Abend ein Ereignis fürs Leben machen konnte: Odile Tourée.

»J'ai Deux Amours« hatte sie gesungen. »Les Eaux De Mars.« »La Vénus Du Mélo«. Und andere Lieder, die für Kate so geheimnisvoll wie bezaubernd klangen, weil Französisch nun einmal eine absolut geile Sprache war. Aber auch ein paar englische Songs, zuletzt: »So Nice«.

Someone to hold me tight
That would be very nice
Someone to love me right
That would be very nice

Sie hatten während des Konzerts kein Wort gewechselt, wohl aber einige Blicke. Und Kates Hand war wie von selbst zu Nicks Hand gewandert, der sich auch nicht dagegen wehrte, dass sie sie auf seine legte.

Someone to understand
Each little dream in me
Someone to take my hand
To be a team with me

Und ja, sie fragte sich das in diesem Augenblick vielleicht wirklich – auch wenn sie es sich selbst nicht eingestanden hätte.

So nice, life would be so nice

Schließlich machte die Musik eine kleine Pause. Der Applaus war beträchtlich. Kate überlegte, wie viele von diesen Menschen hier wohl noch von Odile Tourée wussten, wie viele ihren einstigen Ruhm kannten oder gar miterlebt hatten. Gewiss, in einem solchen Hotel stiegen nun einmal überwiegend Gäste ab, die schon etwas mehr Jahre auf dem Buckel hatten als etwa sie. Oder Nick. Ganz einfach, weil die meisten Jüngeren nicht die nötige Kohle für solchen Luxus hatten. Aber fünfzig Jahre. Fünfzig Jahre! Das war schon eine verdammt lange Zeit. Und im Publikum saßen längst nicht nur Oldies. Da waren auch ein paar interessante Leute dabei. Ein superelegenter Schwarzer zum Beispiel, ein Schrank von einem Mann, der ein Selbstbewusstsein ausstrahlte, als würde ihm das Hotel gehören (was es ja vielleicht auch tat?). Und irgendwie hatte es der Zufall ja auch gewollt, dass ein junger Mann von der Insel und eine junge Frau aus dem Glasgower East End hier saßen und ihren Liedern lauschten ...

»Sie ist verdammt gut, was?«, sagte Nick. Vielleicht, um einfach *irgendetwas* zu sagen.

»Das ist sie«, stimmte Kate zu. »Aber das wusste ich schon vorher.«

»Hm. Und nun?«

»Ich schätze, wir beide müssen sprechen, Nick. Was du da gesagt hast, mit dem One-Night-Stand, meine ich. Also ...«

Allein, es wurde nichts daraus, dass sie sich besprachen. Denn im nächsten Moment trat Odile Tourée schon wieder auf die Bühne – diesmal jedoch nicht, um wieder zum Mikrofon zu greifen, sondern um sich an den Flügel zu setzen.

»Nun aber, meine Damen und Herren«, sagte sie,

»möchte ich Ihnen eine wunderbare, hochbegabte junge Sängerin vorstellen, von der Sie zweifellos noch viel hören werden: Miss Kate Goodwin!« Sie deutete mit der Hand auf die junge Frau an der Bar, die so überrumpelt war, dass sie beinahe hinter sich geblickt hätte, weil sie sich gar nicht angesprochen fühlte.

»Ich?«, fragte sie dann in Richtung der alten Lady. Die nickte und winkte sie zu sich.

Und unter dem Applaus eines ebenso gediegenen wie verwöhnten und doch auch respektvollen Publikums trat Kate auf die kleine Bühne und nahm das Mikrofon. Ein wenig hilflos blickte sie zu Odile, von deren Lippen sie lesen konnte: »Love Is A Losing Game«?

Okay. Das kannte sie. Und konnte sie. Vor allem drückte es ziemlich genau aus, wie sie es empfand. Genau genommen konnte man es beinahe wie ein Motto für ihr ganzes bisheriges Leben lesen – zumindest für ihr Liebesleben. Sie nickte und lauschte auf die ersten Takte, ehe sie einsetzte:

For you, I was a flame
Love is a losing game
Five story fire as you came
Love is a losing game
One I wished I never played
Oh, what a mess we made ...

Es ging wie von selbst. Als hätten sie es schon tausendmal geübt. Und mit jedem Vers sang Kate leidenschaftlicher. Sicherer. Mit mehr Tiefe. Auch mit jedem Song.

Denn es folgten weitere Lieder. Vage erinnerte sie sich, während sie sang, wie ihr die alte Dame einmal gesagt hatte: »Ich kenne Ihr halbes Repertoire.« Dass sie sich das gemerkt hatte und dass sie es jetzt mit ihr aufführte, das erfüllte Kate mit solcher Dankbarkeit, dass sie am liebsten geheult hätte – wenn sie nicht hätte singen müssen.

Dafür heulte Nick. Er saß an der Bar, und in seinen Augen glitzerte das bunte Licht dieses verzauberten Abends.

Schließlich ließ Odile Mr Richmond wieder an den Flügel, der offenbar genau wusste, was gewünscht wurde, denn er hatte noch kaum Platz genommen, da spielte er schon einen Song an, der sich für ein Duett eignete wie wenige andere.

Unforgettable
That's what you are,

sang Odile Tourée, die sich ein zweites Mikrofon genommen hatte. Und Kate »antwortete«:

Unforgettable
Tho' near or far

Doch sie antwortete es nicht der alten Dame, sondern Nick, während sie ein paar Schritte auf ihn zutrat. Und Odile Tourée blieb ebenfalls nicht auf der Bühne, sondern schritt zwischen den Tischen hindurch, um am Ende des Raums neben einem eleganten Herrn stehen zu bleiben, der ganz im Verborgenen dem Konzert gelauscht hatte: Richard.

Like a song of love that clings to me,
How the thought of you does things to me
Never before
Has someone been more ...

Unforgettable
in every way,
And forever more
That's how you'll stay.

Und dann geschah etwas, das sie beide nicht erwartet hatten: Der halbe Saal sang mit.

That's why, darling, it's incredible
That someone so unforgettable
Thinks that I am
Unforgettable, too

Als Kate nach diesem Song und überwältigendem Applaus wieder an die Bar zurückkehrte, gelang es Nick nicht, irgendetwas zu sagen. Er konnte nur nach ihrer Hand greifen und sie an seine Lippen führen.

Dafür fand Kiharu ein paar Worte. Die richtigen: »Ich habe eine Flasche Champagner Rosé in die Weihnachtssuite geschickt.«

Sie waren schon auf der Treppe, als sich der schwarze Hüne vor ihnen aufbaute. Wäre er nicht so verdammt elegant angezogen gewesen, Kate hätte gedacht, er wäre ein Bulle, der ihr doch noch ans Leder wollte.

»Miss Goodwin?«, sagte er. »Ich habe drei Tage auf Sie gewartet.«

Nick schob sich zwischen ihn und Kate.

»Sorry«, stotterte sie. »Kennen wir uns?«

»Noch nicht«, erwiderte der Mann, der sich als Akeem Petit vorstellte, Musikmanager aus Paris/Saint-Denis, und Nick gelassen die Hand auf die Schulter legte, während er weiter ungerührt mit Kate sprach. »Es wird Zeit, dass Sie einen anständigen Vertrag bekommen. Und ich werde ihn Ihnen verschaffen.«

»Aber woher wussten Sie, dass ich hier abgestiegen bin? Und überhaupt: dass es mich gibt?«

»Er wusste es von mir, meine Liebe«, erklärte Odile, die auf einmal neben ihnen aufgetaucht war. »Ich habe ihn gebeten zu kommen. T-Bone Punk ist mein langjähriger Manager.«

»T-Bone Punk?«

»Ach, fragen Sie mich nicht ...«

»Mein Branchenname«, erklärte der schwarze Hüne. Nun, vielleicht war Akeem Petit tatsächlich nicht ganz der perfekte Name für sein Business, in dem es bekanntlich nicht groß genug zugehen konnte.

»Ich war doch schon abgereist!«, stellte Kate zweifelnd fest.

Der sanfte Riese lächelte und seine goldenen Schneidezähne blinkten im schillernden Licht der abendlichen

Beleuchtung. »Ich wusste, dass Sie zurückkehren würden.«

Als über der Insel der bunte Lichterregen des Silvesterfeuerwerks sich in unzähligen Kaskaden auffächerte, kämpften sich Kate und Nick aus dem Bett und traten ans Fenster. Über Portree schienen sie sich in diesem Jahr besondere Mühe zu geben, denn es glitzerte und funkelte wie verrückt.

»Wow«, hauchte Kate, die sich in dieser abgelegenen Gegend eine solche Show nicht hätte träumen lassen – aber das galt ja auch für die Silvestergala im 24 CS.

Eine Weile standen sie am Fenster, Nick hatte noch einmal Champagner nachgeschenkt und hielt ihr ein Glas hin, um anzustoßen auf all das Gute, das geschehen war – und was noch kommen würde!

»Übrigens«, sagte er. »Ich habe gekündigt.«

»Gekündigt? Hier?« Wie bescheuert konnte ein Mensch sein. Andererseits …

»Es gehört zu den eisernen Regeln, dass man nie etwas mit einem Gast des Hotels anfangen darf.«

»Das tut mir leid. Ich meine, dass du gekündigt hast. Also: für dich. Wie sind sie denn darauf gekommen?«

Nick lachte leise. »Ich habe es ihnen gesagt.«

»Oh.« Okay. Das war wirklich bescheuert. Und zugleich irgendwie wahnsinnig süß, oder? Das hieß ja auch, dass er sich auf eine seltsame, abstruse Weise zu ihr bekannt hatte.

»Mr Atkins hat die Kündigung nicht angenommen.«

Einen Moment lang schwiegen sie beide.

»Ich weiß nicht, ob ich mich darüber freuen soll«, erklärte Kate schließlich.

»Wieso solltest du dich nicht freuen?«

»Weil es bedeutet, dass du nicht mit mir kommen kannst.«

Nun war es Nick, der einen Augenblick verstreichen ließ, ehe er fragte: »Würdest du das denn wollen?«

Kate grinste. »Erst einmal kommst du mit mir.« Sie zog ihn wieder zum Bett. »Und dann …«

»Und dann?«

»Dann sehen wir weiter. Vielleicht kann ich ja hierbleiben.«

»Hier? Auf Skye?«

»Die Insel gefällt mir!«, sagte Kate und schlang ihre Arme um ihn. »Die ist so tot, da kann ein bisschen mehr Leben nicht schaden.«

Es wäre gelogen zu behaupten, Richards Herz hätte sich nicht zusammengezogen, als die ältere Dame an den Empfang trat.

»Sie beabsichtigen wirklich abzureisen, Ma'am?«, fragte er mit rauer Stimme.

»Ach, mein Guter. Diese Insel und dieses Haus sind doch nur ein Traum. Und Träume dürfen wir nicht in die Wirklichkeit zerren, sonst verlieren sie ihren Zauber.«

Lächelnd schüttelte Richard den Kopf. »Wenn Sie erlauben, Ma'am, ich kann Ihnen nicht zustimmen. Es gibt keinen Unterschied zwischen Traum und Wirklichkeit. Auch Träume sind real.«

Immer noch, nach all den Jahren, hatte sie wunderschöne Augen. Und sie hatte eine Stimme, wie es sie nur einmal auf der Welt gab. Richard hörte, wie sie leise summte, während sie mit einer eleganten Bewegung ihre Karte in den Weihnachtsbriefkasten steckte. *Stars shining bright above you ...* Dann warf sie ihm eine Kusshand zu und flüsterte: »Wir sehen uns wieder.«

»Gewiss, Odile«, flüsterte Richard zurück und blickte ihr hinterher, wie sie summend nach draußen trat und Nicholas an seinem Wagen zunickte. Und er meinte, sie noch eine Zeile singen zu hören: »*Dream a little dream of me.*«

Wen Kate Goodwin als Ehrengast fürs nächste Jahr nominiert hatte? Dies muss natürlich ein Geheimnis bleiben. Nur so viel: Der Zufall will es, dass ihre Karte gezogen werden wird. Aber das ist eine andere Geschichte.

Bonnechance, Madame Tourée!

Wie jedes Jahr, so wurde auch dieser Jahreswechsel mit einer großen Silvesterparty im 24 Charming Street gefeiert. Allerdings hatten wir diesmal das besondere Vergnügen, unseren Stargast bereits im Hause zu beherbergen: Die weltberühmte Chansonnière Odile

Tourée war über die Weihnachtstage Gast des Grandhotels und hat nicht nur durch ihre unvergleichliche Kunst den Abend zu einem Ereignis gemacht, sie hatte auch noch eine Überraschung parat: Die völlig unbekannte schottische Sängerin Kate Goodwin bestritt den zweiten Teil des Konzerts, ehe die beiden Künstlerinnen mit einem letzten Duett die Gäste zu wahren Begeisterungsstürmen hinrissen. Dass auch Ms Goodwin Gast des 24 Charming Street war, erfüllt uns mit großem Stolz. Dass nach fünfzig Jahren ein Weltstar zu uns zurückkehrt und dass gleichzeitig das 24 CS womöglich die Geburt einer weiteren Weltkarriere erlebte, dürfte zu den Sternstunden unseres Hauses zählen. Merci, Madame Tourée, Bonne chance, Miss Goodwin!

24 CS Times vom 1. Januar

Unsere Leseempfehlung

240 Seiten
Auch als E-Book
erhältlich

An einem winterlichen Novembertag findet die Londoner Kinderbuchautorin Charlotte Williams in ihrem Briefkasten einen mit zarten Lettern versehenen Umschlag. Sie traut ihren Augen kaum, als sie ihn öffnet, denn er enthält eine Einladung, die Weihnachtstage als Ehrengast im »24 Charming Street« zu verbringen – dem kleinsten Grandhotel der Welt an der wildromantischen Küste der Isle of Skye. Doch wem hat sie dieses Geschenk zu verdanken? Noch ahnt sie nicht, dass ein ganz besonderer Ort auf sie wartet – an dem Weihnachten in diesem Jahr zum Fest wunderbarer Überraschungen wird!

goldmann-verlag.de